AF281854

Zerstörte Bande

Günther Tabery

Bibliografische Information der Deutschen Nationalbibliothek:

Die Deutsche Nationalbibliothek verzeichnet diese Publikation in der Deutschen Nationalbibliografie; detaillierte bibliografische Daten sind im Internet über: http://dnb.dnb.de abrufbar.

Cover: Jutta Schultz, Berlin

Herstellung und Verlag:

BoD – Books on Demand, Norderstedt

ISBN: 978-3-7568-0839-7

1

„Ich bin gleich wieder da!", rief Heiner, während er in die Küche ging. Er öffnete den Kühlschrank und holte eine Flasche gekühlten Champagner heraus. Nachdem er auf einem Tablett drei Sektgläser gerichtet hatte, löschte er das Licht und ging damit auf die Terrasse. Dort warteten seine Schwägerin Wilma und sein langjähriger Freund Monty wippend auf einer Hollywood-Schaukel. Als Wilma ihn mit dem Champagner kommen sah, glückste sie erfreut. Schnell machte sie auf dem Tisch Platz für das Tablett. „Champagner, wie toll!", ließ sie verlauten und strahlte Heiner an.

„Naja, nach getaner Arbeit, dachte ich mir, wäre es schön mit euch beiden anzustoßen", erklärte er.

„Unbedingt!", bestätigte Monty. „Meine Kehle ist schon ganz trocken, von der ganzen Schlepperei. Und verdient haben wir es uns allemal. Schaut, wie schön der Garten hergerichtet ist!"

„Das ist er. Und jetzt bei Sonnenuntergang sieht alles ganz zauberhaft aus. Dieses warme, orangefarbene Licht und der Garten, der nun halb im Dunkeln liegt. Es hat etwas Ruhiges und Friedliches. Findet ihr nicht auch?"

„Du hast Recht, Wilma, es ist wie die Ruhe vor dem Sturm. Ich kann es kaum erwarten, bis morgen Mittag die Traufeier beginnt."

Heiner, der indessen die Gläser gefüllt hatte, überreichte jedem eines und bat darum, gemeinsam anzustoßen: „Auf Tilda und Heiko! Und auch auf uns! Das haben wir prima hingekriegt!"

Die beiden stimmten ein und alle nahmen einen Schluck Champagner. Dann betrachteten sie ihr Werk. Zehn große, runde Tische, an denen jeweils acht Stühle standen, waren mit Blumengebinden und mit in grün gehaltener Dekoration geschmückt. Auf einer langen Tafel, die sich an der Seite befand, sollten das Catering und die Getränke Platz finden. Ziersträucher in großen cremefarbenen Übertöpfen umrahmten die Szenerie.

„Wie gut, dass es heute und morgen nicht regnen soll", stellte Monty fest. „So konnten wir heute schon im Vorfeld alles fertig machen."

Wilma nickte. Dann wurden die drei still. Sie genossen zufrieden den lauen Sommerabend mit dem Gefühl der Vorfreude auf den morgigen Tag.

„Dass der Moment so schnell kommen würde, hätte ich nie gedacht", sinnierte Heiner mit leiser Stimme.

Wilma blickte ihn an: „Du meinst, dass Tilda heiratet?"

„Ja. Gestern war sie noch mein kleines Mädchen. Versteht ihr? Für mich fühlt es sich jedenfalls so an, als ob es gestern gewesen wäre. Morgen heiratet sie Heiko und in weniger als zwei Wochen wird sie mein Haus verlassen."

„Irgendwann sind sie groß und dann heißt es loslassen. Das ist der Lauf der Welt", bemerkte Monty.

Wilma warf Monty einen kurzen Blick zu, dann ergriff sie Heiners Hand. „Ich verstehe dich. Ihr habt ein enges Verhältnis, Tilda und du. Als deine Lucy damals starb, war Tilda alles, was dir blieb."

„Ja", seufzte Heiner. „Sie sieht Lucy auch so ähnlich. Wenn ich in Tildas Augen blicke, sehe ich Lucy darin."

Wilma blickte ihn lange an. Dann sagte sie: „Aber Heiko ist ein feiner junger Mann. Du kannst froh sein. Er hat das Herz am rechten Fleck. Du verlierst Tilda nicht. Du bekommst einen Sohn dazu."

„Ja, das stimmt …"

Wieder schauten sie in den Sonnenuntergang. Heiner nahm einen Schluck, dann fragte er: „Wie ist es bei deiner Rosemarie?"

„Du meinst, ob sie jemanden hat?"

Heiner nickte.

„Ich glaube, da ist niemand. Nein, das stimmt nicht: Kürzlich erzählte sie tatsächlich etwas über einen jungen Mann. Aber das ist anscheinend schon wieder vorbei. Ich kann mir auch nicht vorstellen, dass sich ein Mann ernsthaft für sie interessiert. Sie ist so speziell, wie soll ich es sagen: abwesend. Manchmal ist sie dermaßen in ihren Gedanken verhangen, dass sie gar nicht mitbekommt, was um sie herum passiert. Und sie hat ganz abstruse Ideen von dem, was ihr zustehen müsste, ihrer Meinung nach. Vollkommen unrealistische Vorstellungen. Das beschäftigt mich schon sehr." Nach einer Pause fügte sie hinzu: „Ich meine, ich würde mich sicherlich freuen, wenn ich mich täuschte und sie tatsächlich einen Freund findet, der zu ihr passt. Aber es wird schwierig werden, nehme ich an. Das kommt sicherlich nicht so schnell auf mich zu."

„Und du? Würdest du nochmals heiraten?"

„Noch einmal heiraten?", wiederholte sie. „Meine Güte, einmal reicht. Meine Scheidung war so teuer, kann ich dir sagen. Das brauche ich nicht noch ein zweites Mal. Nein, ich denke, wenn ich jemals wieder einen Menschen finden sollte, bei dem alles passt, dann werde ich auch ohne Trauschein glücklich sein. Heiraten werde ich nicht nochmal. Und du?"

„Ich kann es mir auch nicht vorstellen."

Dann sahen Wilma und Heiner Monty an, der in sich gekehrt daneben gesessen und alles angehört hatte. „Was ist mir dir, Monty? Du bist so ungewohnt still. Das kenne ich gar nicht von dir. Willst du denn einmal heiraten?", fragte Wilma.

Dieser schaute Heiner an. Dann antwortete er bestimmt: „Nein. Das kann ich mir nicht vorstellen."

„Vielleicht wirst du dich einmal verlieben?"

Monty atmete tief ein. „Wer weiß?", sagte er schließlich. „Ich meine, ich finde es toll und ich bewundere jeden, der sich traut."

„Es muss ja nicht jeder heiraten", befand Heiner. „Wenn du dich alleine wohl fühlst, dann ist das genauso gut und in Ordnung."

„Na klar", stimmte Wilma ein. Sie betrachtete Monty und dachte bei sich: So sozial engagiert, wie Monty immer schon war, so feinfühlig, war es für sie ganz unverständlich, dass er immer noch alleine war. Er musste sich sehr einsam fühlen.

Plötzlich schritt eine Gestalt aus dem dunklen Wohnzimmer hinaus auf die Terrasse. Die drei sahen sich erschrocken um. Als das Gesicht im Mondschein sichtbar wurde, erhellte sich Wilmas Gesicht: „Ach du bist es, Heiko! Du hast uns aber erschreckt!"

„Entschuldigt, das wollte ich nicht. Ich wollte nur Heiner fragen, ob er zufällig eine Aspirin übrig hat. Tilda ist so aufgeregt wegen morgen und hat einen unheimlichen Druck im Kopf. Unsere sind ausgegangen."

„Ich schaue gleich nach und bringe welche hinunter, ja? Geh' du wieder zu Tilda." Daraufhin verschwand Heiko im Wohnzimmer. Heiner wusste, dass er noch Aspirin im Medizinschrank hatte. Kurzerhand nahm er die ganze Packung und lief in die Souterrainwohnung zu Tilda und Heiko hinunter.

Er reichte ihr eine Tablette mit einem Glas Wasser, das Heiko schon bereitgestellt hatte. Anschließend strich er ihr über den Kopf: „Mein Mädchen, mach dir keine Sorgen. Wir sind alle da und sorgen dafür, dass es ein unvergessliches Fest wird. Ich verspreche dir, dass morgen der schönste Tag deines Lebens werden wird."

Tilda bedankte sich und küsste ihn auf die Wange. Dann legte sie sich hin und kuschelte sich in die Bettdecke. Heiko legte sich daneben und umarmte sie.

Heiner schloss leise die Tür.

2

Tilda ergriff das Messer. Heiko legte seine Hand über ihre. Gleich würden sie die große Hochzeitstorte anschneiden, die vor ihnen auf einem Tisch stand. Die Gäste scharten sich um sie. Jemand sollte diesen besonderen Moment festhalten, hieß es. „Monty!", hörte man eine aufgeregte Stimme. „Monty, schnell, du musst fotografieren!" Sogleich eilte dieser mit seiner Kamera herbei. Tilda und Heiko sahen sich liebevoll an. Dann wurde gemeinsam die Torte, begleitet von wohlwollenden Zurufen und applaudierenden Gästen, angeschnitten. Das erste Stück der herzförmigen Buttercremetorte, die mit unzähligen Erdbeeren verziert war, überreichte Tilda dankend ihrem Vater, der für sie die Hochzeitsfeier ausrichtete. Stolz nahm dieser es entgegen. Nachdem sie sich selbst ein Stück aufgetan hatten, überließen Tilda und Heiko die Torte den übrigen Gästen, die sich bereits mit Tellern und Gabeln bewaffnet in einer Schlange aufgestellt hatten.

Die standesamtliche Trauung hatte zuvor im kleinen familiären Kreis im Bruchsaler Schloss stattgefunden. An die 70 Gäste, darunter Freunde, Kollegen und weitläufige Verwandte, waren nun zur anschließenden freien Traufeier gekommen. „Lass mich bitte deine Hochzeit ausrichten", hatte damals spontan Heiner gesagt, als ihm Tilda das erste Mal vom Wunsch, Heiko zu heiraten, erzählt hatte. „Als Vater werde ich dir hier bei mir ein wunderbares Fest organisieren." Tilda war sehr dankbar, denn der großzügige Garten war ideal für die Feier.

Von allen Seiten ertönten lobende Worte über die wohlschmeckende Torte. Kaffee und Tee waren auf einem Extratisch angerichtet. Die Gäste nahmen an den feierlich geschmückten Tischen Platz. Eine zufriedene Ruhe breitete sich aus.

Dann erhob sich Heiner. Er sah seine Tochter an und schluckte, bevor er begann, eine kleine Ansprache zu halten: „Liebe Familie und Freunde, mir fehlen die Worte. Dennoch ist es mir als liebender Brautvater sehr wichtig, eine kleine Rede zu halten. Es ist mir eine Ehre, heute meiner Tochter Tilda und ihrem Ehemann Heiko dieses wunderbare Fest zu schenken und ich freue mich, dass so viele gekommen sind, die mit euch diesen Moment genießen wollen. Als ich vor 27 Jahren deine Mutter Lucy auf einem Straßenfest vor dem Bruchsaler Schloss kennengelernt habe, da wusste ich, dass dies mein Leben für immer verändern sollte. Drei Jahre später kamst du, liebe Tilda, zur Welt. Wie schön wäre es, wenn Lucy heute noch unter uns weilen würde. Ich weiß, du hast den frühen Verlust deiner Mutter nie ganz überwunden. Ich auch nicht. Aber sie wäre so stolz auf dich und Heiko. Sicher blickt sie in diesem Moment auf uns herab." Er schaute Tilda liebevoll an und wischte sich eine Träne aus dem Auge. Dann sprach er weiter: „Als ich dir, liebe Tilda, als kleines Mädchen das Fahrradfahren beigebracht habe, gab es einen Moment, an dem ich loslassen und Vertrauen haben musste. An diesen Moment erinnere ich mich noch ganz genau. Ich rannte neben dir her und hielt dein Fahrrad fest in der Hand. Unmerklich ließ ich dich alleine fahren und du hattest es nicht mitbekommen. Und wie du gefahren bist! Ohne zu wanken oder zu stürzen! Heute heißt es auch loslassen. Nach vielen Jahren des Nebenherlaufens, dich Beschützens und des Haltens bin ich sicher, dass du auch jetzt nicht ins Wanken geraten wirst. Ihr habt euch nach vier Jahren Zusammensein für die Ehe entschieden, habt euch eine Beziehung geschaffen, die auf einem sicheren Fundament steht. Mir bleibt nur mehr dich freizulassen, dich in die treuen Hände von Heiko zu übergeben." Er stockte. „Es fällt mir nicht leicht, denn du bist mir das Wertvollste, was ich bisher in den Händen halten durfte. In diesem Sinne", er schritt zu seiner Tochter hinüber, „dir und euch alles Liebe für eure Zukunft!" Tilda schloss ihren Vater bewegt in die Arme. Auch Heiko wurde herzlich gedrückt. Ein freudvolles Raunen ging durch den Garten.

Danach stand Liesbeth, Heikos Mutter, auf, um ebenso einige warme Worte zu sagen. „Mein lieber Junge, liebe Tilda", begann sie mit zurückhaltender Stimme. „Auch wir, mein Mann Hugo und ich, wollen euch heute alles Glück der Welt wünschen. Wir sind sehr froh darüber, dass ihr euch vor vier Jahren gefunden habt und heute den Bund der Ehe eingegangen seid. Ihr werdet eine glückliche Zukunft vor euch haben. Euch soll es an nichts fehlen. Und wenn doch, dann werden Heiner und wir euch tatkräftig unterstützen, nicht wahr?" Sie nickte Heiner zu, der sein Glas in die Hand nahm und ihr zuprostete. „Ich weiß nicht, was ich sagen soll. Wir sind überglücklich!" Auch sie hob ihr Glas Sekt in die Höhe. Die übrigen Gäste taten es ebenso. „Auf das Brautpaar!", beendet sie erleichtert ihre kleine Rede. Heiko und Tilda nahmen Liesbeth und Hugo in ihre Arme. „Danke dir, Mutter", flüsterte Heiko ihr ins Ohr.

Anschließend löste Heiko die Umarmung und lief zur Veranda. Er hatte auf seinem Laptop eine Hochzeitsplaylist erstellt, die er startete und die nun unaufdringlich im Garten zu hören war. Dann setzte er sich zu Tilda und Heiner an den Tisch.

Tilda legte ihre Hand auf Heiners Hand: „Ich danke dir sehr, Vater. So eine schöne Rede und ein wunderbares Fest! Besser hätte es nicht sein können!"

Heiko lächelte zustimmend.

„Alles gut", erwiderte Heiner. „Man heiratet nur einmal. Und dann soll es so perfekt sein, wie du es dir wünschst."

Monty gesellte sich zu ihnen. Er holte tief Luft: „Die Bilder sind im Kasten! Ich hoffe, ich habe auch alle wichtigen Momente gut einfangen können. Ihr wisst ja, auf Fotos sind Emotionen nur schwer festzuhalten. Aber ich habe mein Bestes gegeben und so ist es nun mal. Vielleicht hättet ihr jemand anderen damit beauftragen sollen. Es ist doch eine große Verantwortung, nicht wahr? Die Sonne ist heute besonders grell, wie ich finde. Ich hoffe, die Bilder sind nicht überbelichtet. Ich habe nicht viel Erfahrung mit dem Fotografieren. Dass ihr ausgerechnet mich damit beauftragt habt…"

„Du hast das bestimmt gut gemacht", unterbrach ihn Tilda und wendete sich Heiko zu, um ihn etwas zu fragen.

„Ja, ich hoffe es", redete Monty unbeirrt weiter. „Und Heiner: Deine Rede war ganz authentisch. Das war toll. Sie hat bestimmt jeden ergriffen. Ich konnte die gerührten Gesichter der Gäste gut fotografieren. Der ein oder andere hat sogar eine Träne verdrückt. Wie schade es ist, dass Lucy das nicht mehr miterleben darf. Sie wäre bestimmt stolz auf dich, kleine Tilda."

„Ja, das wäre sie. Mach dir keine Sorgen. Die Bilder werden bestimmt toll. Wir sind dir sehr dankbar!" Tilda strich ihm über den Arm. Dann wendete sie sich wieder Heiko zu und setzte erneut an: „Heiko, was ich dich fragen wollte, hast du…"

Monty nickte zufrieden und geschmeichelt. „Ich freue mich, dass du das sagst, Tilda. Und Heiko", wechselte er nach einem tiefen Atemzug das Thema, „deine Eltern, Liesbeth und Hugo, die werden sicher sehr stolz auf euch sein! So ein schönes Paar. Tilda, wo ist denn deine Tante Wilma? Ich suche sie schon die ganze Zeit!" Er blickte sich um. „Wilma ist so fleißig! Wie sie das mit dem Caterer organisiert hat und mit den vielen Blumen! Wunderbar! Sie ist der gute Geist in der Familie…"

„Ich weiß es ehrlich gesagt nicht…"

„Bestimmt steht sie in der Küche und kümmert sich um das ganze Geschirr. Ich werde sie suchen und ihr helfen. Irgendjemand muss ihr ja helfen, nicht wahr? Sie kann das alles ja nicht alleine machen!" Er stand auf und eilte ins Haus. Tilda atmete erleichtert auf und sah ihm lächelnd nach, wie er im Haus verschwand. Sie überlegte einen Moment und schüttelte den Kopf. Was sie Heiko ursprünglich fragen wollte, hatte sie vergessen. Dann blickte sie sich um. Ihre Cousine Rosemarie saß ganz alleine auf einer Bank. Sie entschied, sich einen Moment zu ihr zu setzen. „Na, wie geht es dir? Du siehst so nachdenklich aus.", fragte sie Rosemarie.

Diese blickte auf und sagte mit bitterem Unterton: „Du hast so ein Glück ... mit Heiko und überhaupt … so ein Glück! Wenn ich da mein Leben anschaue. Meine Beziehung zu Thorben war ja wohl ein Reinfall. Ich will ihn auch nicht mehr zurück! Hätte es sich vorher überlegen sollen! Jetzt ist es zu spät! Du hast deinen Traummann gefunden. Er würde dir niemals so etwas antun! Und euer Haus ist auch bald bezugsfertig. Hast du ein Glück!" Sie blickte Tilda missgünstig in die Augen. „Du bist sicher froh, aus der väterlichen Einliegerwohnung hier im Haus ausziehen zu können, oder?"

„Ich bin froh, dass mich Vater all die Jahre unterstützt hat und ich hier wohnen durfte. Aber auf Dauer ist die Wohnung ja zu klein für uns. Spätestens wenn Kinder kommen, dann müssten wir hier ausziehen. Ich freue mich sehr auf unser Haus! In zwei Wochen ist es so weit, wenn alles nach Plan läuft."

„Du bist eben ein Glückspilz!" Rosemarie wendete ihren Blick ab.

„Du wirst auch noch dein Glück finden. Und weißt du, ein Haus zu bauen ist nicht das Wichtigste auf der Welt, glaube mir."

„Und ob es das ist!", stieß Rosemarie voller Unverständnis aus. „Unabhängig zu sein und wohlhabend, das ist verdammt wichtig. Dass Heiko so einen guten Job in der Raffinerie in Karlsruhe hat, darüber kannst du froh sein! Das erleichtert vieles. Thorben war nur irgendein Versicherungsangestellter. So einen Ingenieur, wie Heiko es ist, will ich auch einmal haben!"

Tilda war das Gespräch unangenehm. Sie hatte keine Ahnung, dass Rosemarie sie beneidete und ihr das Glück offenbar nicht gönnte. Aber dafür konnte sie nichts. Sie hatte es nicht darauf angelegt. Alles hatte sich einfach so entwickelt, ohne dass sie es aktiv beeinflussen musste. Vielleicht hatte sie es einfacher als viele andere, da sie keine finanziellen Sorgen hatte. Aber dafür konnte sie ja nur bedingt etwas.

Sie sah ihre Cousine ratlos an. Zu Rosemaries Missstimmung über ihr fehlendes Lebensglück konnte sie nichts sagen. Sie stand auf und verließ Rosemarie, die argwöhnisch an ihr vorbei das Treiben der Feier begutachtete und weiter in ihren Gedanken verharrte. Zielstrebig ging sie auf die gegenüberliegende Seite des Gartens, wo Heiko inzwischen mit seinen Eltern zusammenstand.

„Er war eingeladen und wusste, dass es uns wichtig war. Wie konnte er uns das antun!", hörte Tilda ihren

Schwiegervater sprechen, als sie bei ihnen angekommen war.

„Lass uns über etwas anderes reden", winkte Mutter Liesbeth ab und lächelte Tilda gekünstelt an.

„Von wem redet ihr?", fragte Tilda.

„Von meinem Bruder", antwortete Heiko. „Er ist nicht gekommen."

Liesbeth machte ein unzufriedenes Geräusch, während sie ihrem Sohn einen Stoß verpasste. Schnell wechselte sie das Thema: „Freut ihr euch schon auf die Flitterwochen? Dubai ist bestimmt sehr beeindruckend!"

Tildas Gesicht erhellte sich: „Ja, wir freuen uns sehr und sind sehr gespannt. Ich war bisher noch nie in einem arabischen Land. Mich interessiert auch die Kultur, das Land und wie die Menschen dort leben."

„Das werden wir in der Stadt wohl nicht wirklich sehen, Schatz", bemerkte Heiko.

„Ja? Ja, wahrscheinlich hast du Recht." Tilda lächelte unsicher.

Interessiert fragte Heikos Vater: „Und wo wohnt ihr, mitten im Zentrum?"

„Ja, genau. Direkt am Marina Walk, in einem gigantischen Hochhaus. Ganz oben. In der Hochzeitssuite." Heiko lächelte stolz. „Absolut luxuriös. Wir haben keine Kosten gescheut. Das gesamte Hotel, der wunderbare Spa-Bereich und die gepflegten Golfplätze sind absoluter Wahnsinn, wenn man bedenkt, dass dort eigentlich eine Wüste ist."

„Dann sind wir auf eure Schilderungen und Fotos gespannt. Bestimmt werdet ihr viel zu berichten haben."

Heiko und Tilda nickten freudestrahlend.

„Ja, wie schön", setzte Liesbeth an, während sie sich bei ihrem Mann einhakte. Die vier lächelten sich an.

Tildas Trauzeugin Annika tippte Tilda auf die Schulter. „Ich will ja nicht stören, aber jetzt ist es Zeit den Brautstrauß zu werfen. Schau, alle deine Freundinnen sind ganz wild darauf!" Tilda drehte sich um. Ihre Freundinnen standen kichernd zusammen. „Normalerweise macht man das ganz am Ende der Feier, aber sie wollen einfach nicht mehr darauf warten." Tilda seufzte, dann lief sie schnellen Schrittes hinein ins Wohnzimmer, wo ihr Brautstrauß auf dem Gabentisch in einer Vase stand. Als sie wieder zurückkam, sah sie erfreut, dass sich Rosemarie auch zu den Freundinnen gesellt hatte. Sie warf ihr einen vielsagenden Blick zu, den Rosemarie mit einem gezwungenen Lächeln erwiderte.

„Wir Mädels stellen uns hier auf!", Annika zeigte auf eine leere Fläche inmitten der Tische, die später als Tanzfläche benutzt werden sollte. „Und du, Tilda, wirfst deinen Strauß von dort!" Wie befohlen, stellte sich Tilda ungefähr vier Meter vor die jungen Frauen und drehte sich um.

„Achtung, ich werfe ihn!", schrie Tilda. Die Freundinnen glucksten. In hohem Bogen und mit viel zu viel Schwung warf Tilda den Brautstrauß über die Köpfe der Gruppe hinweg in die zuschauenden Gäste. „Ich will ihn haben! Nein, ich will ihn! Wo ist er denn?", hörte man es rufen. Da stand Monty auf und hielt den Strauß in die Höhe. Er war auf seinem Schoß gelandet. „Ach Monty, gib her, Tilda soll ihn nochmal werfen!", meinte Rosemarie.

„Aber nein, er hat ihn gefangen, er wird der nächste sein, der heiratet!", lächelte Tilda und ging auf Monty zu. Enttäuschung machte sich unter den jungen Damen breit. Damit hatte keine gerechnet.

„Na, Monty, vielleicht bist du ja tatsächlich der nächste?", sagte sie sanft.

Wider Erwarten konnte Monty darauf nichts sagen.

„Vielleicht wirst du es dir einmal anders überlegen." Sie strich ihm über den Arm und setzte sich anschließend wieder zu Heiko an den Tisch.

Heiner klopfte Monty auf die Schulter. Beide sahen sich für einen Moment lang freundschaftlich an.

Wilma kam aus dem Haus gelaufen. Offenbar suchte sie jemanden. Als sie Tilda erblickte, kam sie freudestrahlend zu ihr herübergelaufen.

„Tilda, komm bitte mal mit. Eben ist ein Herr gekommen mit einem großen Blumengesteck für euch. Er will es dir übergeben."

„Hast du ihn hereingebeten?"

„Ja, aber er will nicht hereinkommen. Er wartet an der Eingangstür."

„Ich komme mit dir." Die beiden Frauen machten sich auf den Weg. Sie gingen durchs Haus zur Eingangstür.

Ein paar Minuten später kamen Heiko zusammen mit Monty und Heiner ins Wohnzimmer nach. Dort standen Tilda und Wilma zusammen am Gabentisch.

„Schau mal, Liebling, ein wunderschönes großes Blumengesteck. Das hat uns jemand aus Liebe geschenkt."

Heiko lächelte: „Wie schön. An uns denkt heute die ganze Welt!" Er küsste sie.

Ein Gast steckte den Kopf ins Wohnzimmer und fragte, wo es noch mehr Getränke gäbe. Das Wasser sei ausgegangen. Sogleich zupfte Wilma Monty am Ärmel und meinte: „Monty, komm, die Getränke sind im Gartenhaus. Hilf mir, sie aufzufüllen."

Monty nickte und die beiden verließen das Wohnzimmer.

Beim Gartenhaus angekommen öffnete Wilma die Tür. Kistenweise sortiert standen dort die alkoholhaltigen und alkoholfreien Getränke im kühlen Dunkel.

Wilma bückte sich, um nachzuzählen, wie viele Kisten Wasser noch übrig waren. Da hörten sie einen unglaublich lauten Knall, gepaart mit einer Druckwelle. Monty und sie zuckten zusammen. Dann war es für einen Schockmoment ganz still. Kurz darauf schrillten Stimmen durcheinander. Wilma und Monty traten ängstlich aus dem Gartenhaus. Da bot sich ein furchtbarer Anblick. Tische und Stühle waren umgestoßen. Überall Schutt und Geröll. Die Fensterscheiben des Hauses waren zerborsten, in der Hauswand klaffte ein riesiges Loch. Überall lagen wimmernde und verletzte Menschen, die von Trümmern getroffen worden waren. Sofort rannten Wilma und

Monty zum Haus. Dort, wo einst das Wohnzimmer gewesen war, gab es nur noch Schutt und Asche. Die Decke war eingebrochen. Eine Explosion hatte sich ereignet und alles in der näheren Umgebung zerstört.

3

Wilma erblickte einen Fetzen perlmuttfarbenen Stoffes, der unter einem massiven Gesteinsbrocken hervorstach. Sie schrie aus Leibeskräften: „Tilda! Tilda!" Doch Monty hielt sie fest im Arm. Sie brach weinend zusammen. Er suchte zitternd mit seinen Blicken den Raum ab. In der Ecke lag eine Gestalt, deren Gesicht bis zur Unkenntlichkeit verstümmelt war. Es musste Heiko sein, mutmaßte er anhand der Kleidung. Die Frischvermählten hatten in diesem Raum zusammengestanden, als Wilma und er diesen verließen, um nach den Getränken zu sehen. Am anderen Ende des Raumes lag eine weitere Gestalt. Es war offenbar Heiner. „Oh, mein Gott!", stieß Monty bebend aus. „Hilfe, wir müssen Hilfe holen!" Er ließ Wilma los, die in sich zusammenfiel. Zitternd wählte er den Notruf. Nachdem er alle Fragen beantwortet hatte und sicher war, dass Hilfe kommen würde, schritt er vorsichtig durch die Trümmer ans andere Ende des Raumes.

Heiner lag mit dem Gesicht nach unten unter einer zerbrochenen Tischplatte. Behutsam befreite er ihn von dem schweren Holz der Platte und von den Gesteinsbrocken, die seine Beine bedeckten. Vorsichtig drehte er ihn um. Sein Gesicht war blutüberströmt. Monty schluckte. Dann beugte er sich über ihn. Heiner atmete! Er lebte noch, war aber nicht bei Bewusstsein. Wieder beugte er sich über ihn. Kurz darauf berührte ihn eine Hand an der Schulter. „Was ist mit ihm?", hauchte Wilma.

„Er lebt!", flüsterte Monty. „Er lebt!"

Wilma weinte und umarmte Monty.

Plötzlich hörten sie einen gellenden, spitzen Schrei. Rosemarie war gekommen. Zitternd kniete sie in dem Loch der Wohnzimmerwand. Sie hatte gerade eben Tilda und Heiko tot in den Trümmern liegend entdeckt. Dann sahen Wilma und Monty eine Gruppe von Gästen, die sich um Rosemarie scharten und durch das Loch spähten. Ein Aufschrei ging durch die Anwesenden. Monty und Wilma schritten heraus in den Garten. Dort sahen sie, wie die Verletzten von den Unversehrten gestützt und ihre blutenden Wunden notdürftig mit Stofffetzen der Tischdekoration verbunden wurden.

„Heiko?", hörte man eine kraftlose Stimme rufen. „Heiko, wo bist du?"

Es war Liesbeth, die gemeinsam mit ihrem Mann Hugo auf die Zusammenstehenden zugelaufen kam. „Wo ist mein Sohn?"

„Bitte nicht!", flüsterte Wilma mit bebender Stimme. „Bitte schau nicht dort hinein! Bitte!"

„Wo ist mein Sohn?", wiederholte Liesbeth hysterisch, während sie sich nach allen Seiten umdrehte. Hugo wankte zitternd zu dem Loch in der Wand. Nachdem er seinen Sohn erblickt hatte, sackte er in sich zusammen. Auch Liesbeth schritt heran und sah ihren Sohn tot in den Trümmern liegen. Sie stieß einen durchdringenden Schrei aus. „Heiko, mein Heiko! …" ihre Stimme versagte. Sogleich nahm Wilma Liesbeth in den Arm. Es gab keine Erklärung für das Unfassbare, das sich ereignet hatte, keinen Trost in diesem Moment. Es gab nur die Zerstörung und den Schmerz der Überlebenden.

In der Ferne waren Sirenen zu hören. Wenige Augenblicke später kamen dutzende Feuerwehrmänner, gefolgt von Sanitätern in den Garten. Wilma und Monty nahmen diese in Empfang und führten die einsatzleitenden Helfer zum Ort des Geschehens. Als jene die Ausmaße der Katastrophe überblickt hatten, wurde die Unglücksstelle zuerst gesichert. Niemand durfte sich im Haus aufhalten, da weitere Teile des Hauses einsturzgefährdet waren. Die beiden Leichen wurden aus den Trümmern geborgen und auf der

Terrasse abgelegt. Der bewusstlose Heiner wurde sofort mit einem Krankenwagen abtransportiert. Die Sanitäter machten sich daran, die Verletzten im Garten zu versorgen und, wo es nötig war, weitere Transporte ins Krankenhaus zu organisieren.

Stühle und Tische wurden wieder aufgestellt, an denen die übrig gebliebenen Gäste Platz nehmen und warten sollten. Wilma und Monty, die bereits einigen Feuerwehrmännern Frage und Antwort gestanden hatten, sollten hierbei maßgeblich die Organisation übernehmen. Trost zu spenden war in dieser Situation unmöglich, denn unfassbar war dieses Unglück. Aber eine Stütze zu sein und Halt zu geben, war immens wichtig.

In der Zwischenzeit war auch die Polizei zum Unglücksort gekommen. Nachdem der einsatzleitende Polizist sich mit einem Mann der Feuerwehr ausgetauscht und einen Überblick verschafft hatte, wollte er zunächst mit Wilma sprechen. Er nahm sie zur Seite.

„Mein Beileid, Frau Mitschmacher. Die Kollegen der Feuerwehr sagten, dass Sie die Schwägerin des Hauseigentümers sind?"

Wilma nickte.

„Bitte, wir benötigen einige Informationen. Fühlen Sie sich im Stande mir einige Fragen zu beantworten?"

Wilma sah ihn mit großen Augen an. Sie fühlte sich nicht im Stande dazu. In ihrem Kopf blitze es. Ihr Puls raste. Sie stand unter Schock. Allein ihr Pflichtbewusstsein ließ sie mechanisch nicken.

„Könnten Sie bitte mit mir kommen und die beiden Toten identifizieren?" Wilma schluckte. Die Tränen liefen ihr die Wangen hinunter. „Ja", hauchte sie. Dann führte er sie zu den beiden mit einem Tuch bedeckten Leichen, die er nacheinander aufdeckte.

Wilma erschauderte. Sie erklärte, dass es sich um ihre Nichte Tilda und deren Bräutigam Heiko handele, die heute hier im Garten ihre Hochzeit gefeiert hatten.

„Vielen Dank." Die Leichen wurden wieder bedeckt. „Und während der Feier ereignete sich diese Explosion, während sich beide in dem Zimmer aufhielten?"

„Ja. Mein Schwager … mein Schwager Heiner war auch dort. Aber er hat überlebt."

Der Polizist dachte nach: „Gibt es eine Gasleitung in dem Haus?"

„Nein. Im Keller befindet sich eine Ölheizung. Heiner hatte sich damals, als das Haus gebaut wurde, gegen Gas entschieden."

Er nickte. Nach einer Pause bat er: „Wir benötigen die Personalien der Toten und ebenso die der anderen Gäste. Könnten Sie uns eine Gästeliste erstellen? Wir müssen wissen, wer alles auf der Hochzeitsfeier war, wer wann kam und wer möglicherweise Feier früher verließ."

Unfassbar war es, was der Polizist von ihr verlangte. Wie konnte sie in dieser Situation einen kühlen Kopf bewahren? Am liebsten hätte sie sich zurückgezogen, irgendwohin, wo sie alleine trauern konnte. Aber sie musste ja helfen, das war ihre Pflicht! „Ich werde es versuchen", sagte sie schließlich mit gesenktem Blick.

Er bedankte sich. Dann sollte Wilma wieder zurück zu den anderen gehen. Der Beamte führte ein Telefonat. Die Kollegen der Spurensicherung sollten kommen. Es musste die Ursache der Explosion gefunden werden. Irgendetwas könnte sich entzündet haben. Wenn es nicht eine defekte Gasleitung war, mutmaßte der Polizist, dann könnte es sich um einen Anschlag handeln, der gezielt durchgeführt wurde. In einem zweiten Telefonat informierte er auch die Kollegen der Kriminalpolizei.

Anschließend sollten alle Anwesenden den Polizeibeamten ihre Personalien mitteilen und eine Aussage zum Tathergang machen, bevor sie den Unglücksort verlassen durften.

Wilma flehte Monty an, sie nicht alleine zu lassen. Er solle mit ihr bis zum Ende dortbleiben. Monty versicherte ihr, sich um sie zu kümmern, solange sie ihn brauchte. Um gemeinsam die Liste der Gäste und den Ablauf der Feier zusammenzustellen, musste Wilma Tildas Hochzeitsplanungsbüchlein aus dem Arbeitszimmer der Einliegerwohnung holen. Die Tür zur Wohnung war offen, das wusste Wilma. Sie fragte einen Polizisten, ob sie und Monty hineingehen dürften. Der Polizist begleitete sie. Kurze Zeit später waren Wilma und Monty dabei, für die Polizei alle nötigen Details aufzuschreiben.

Eine halbe Stunde später trafen eine junge Frau und ein junger Mann der Karlsruher Kriminalpolizei zusammen mit den Mitarbeitern der Spurensicherung am Tatort ein. Umgehend wurde damit begonnen, zu untersuchen, wo genau sich der Explosionsherd befand.

Nachdem die Hauptkommissarin und ihr Kollege von dem Einsatzleiter der Polizei über das Geschehen informiert waren, traten sie an Wilma und Monty heran.

„Mein Name ist Bettina Meyerbach und das hier ist mein Kollege Ingo Flausch", stellten sie sich vor. „Wir sind von der Karlsruher Kriminalpolizei. Sie sind Frau Wilma Mitschmacher, ein Mitglied der Familie", fragte sie, während sie in ihr Notizbuch schaute, „und Sie sind Herr Montgomery Manhenke, ein ..."

„Ein langjähriger Freund von Heiner Giesellau", unterbrach Monty die Hauptkommissarin, „dem Vater der Braut und Eigentümer des Hauses. Das ist eine unfassbare Katastrophe, ich hoffe, Sie werden herausfinden, was geschehen ist. Ich meine, Sie müssen es herausfinden, denn Sie sind ja schließlich die Polizei und wenn nicht Sie, wer dann?" Verzweifelt sah er die beiden Polizeibeamten an.

Hauptkommissarin Meyerbach warf ihrem Kollegen einen Blick zu, bevor sie weitersprach: „Ja, danke." Dann wandte sie sich wieder an Wilma: „Die beiden Toten sind Ihre Nichte und ihr Ehemann, die heute ihre Hochzeit gefeiert hatten, ist das korrekt?"

Wilma nickte. „Das ist richtig. Heiner Giesellau, mein Schwager und Vater der Braut, war auch im Raum, als sich das Unglück ereignete. Aber er lebte noch nach der Explosion. Wir beide haben ihn gefunden. Das war schrecklich. Ganz blutüberströmt war sein Gesicht." Die Tränen schossen ihr in die Augen. Monty nahm ihre Hand. Nach einem Moment sprach sie weiter: „Aber er hat noch geatmet. Hoffentlich überlebt er und kommt wieder ganz auf die Beine."

Die Hauptkommissarin schrieb etwas in ihr Notizbuch. Dann fragte sie: „Und die Mutter der Braut war nicht anwesend?"

Wilma erklärte: „Lucy, meine Schwester und Tildas Mutter, ist vor vierzehn Jahren an einem Schlaganfall gestorben. Seitdem lebte Heiner mit Tilda alleine hier in dem Haus. Vor zwei Jahren zogen dann Tilda und Heiko in die Einliegerwohnung im Souterrain. Tilda war Heiners Ein und Alles."

„Ich verstehe. Was genau ist geschehen zu dem Zeitpunkt, als sich die Explosion ereignete?"

Wilma dachte nach. „Wir standen alle zusammen im Wohnzimmer und bewunderten die vielen Geschenke auf dem Gabentisch. Also: Tilda, Heiko, Heiner und wir beide. Dann wurde ich gebeten, die Getränke nachzufüllen. So war es doch, Monty, oder? Und du kamst mit mir."

„Ganz recht", bestärkte sie Monty. „Die beiden hatten wirklich viele Geschenke bekommen. Als wir so zusammenstanden und uns darüber freuten, da kam Petra zu uns und meinte, dass das Wasser ausgegangen sei. Du hast mich gefragt, ob ich mitkommen könne, die Getränke wieder aufzufüllen. Also sind wir beide in das Gartenhaus gegangen, weil sich dort die Getränke befanden, und ließen die drei alleine. Ja, dann hörten und spürten wir den Knall. Das war ein unheilvolles Gefühl zu wissen, dass etwas Schlimmes passiert sein musste." Er drückte Wilmas Hand, die er immer noch hielt.

„Danke für Ihre Schilderung", sagte Hauptkommissarin Meyerbach, nachdem sie ihre Mitschrift beendet hatte. „Gab es denn zuvor irgendeine Andeutung, dass etwas Derartiges geschehen könnte? Irgendein Streit oder eine Unstimmigkeit? Zwischen dem Brautpaar und einem der Gäste vielleicht?"

Wilma und Monty schauten sich ungläubig an. „Nein, nicht, dass ich wüsste", beantwortete Wilma ihre Frage. „Es war so ein schöner Tag. Es gab überhaupt keine schlechte Stimmung oder Spannungen." Wieder begann sie zu weinen.

„Alle mochten doch die beiden", übernahm Monty das Wort. „Die beiden waren sehr beliebt. Und auch Heiner war allseits anerkannt und als äußerst korrekt im Umgang mit anderen bekannt. Es muss ein Versehen gewesen sein. Anders kann ich es mir gar nicht vorstellen." Er stockte.

„Wir haben eine Liste mit den Hochzeitsgästen erstellt und uns versucht daran zu erinnern, wer wann kam und wieder ging. Ich hoffe, die Liste ist vollständig." Wilma überreichte die angefertigten Aufzeichnungen. Die Hauptkommissarin nahm ihn entgegen und bedankte sich bei den beiden.

Kurz darauf schritt die Hauptkommissarin mit ihrem Kollegen zu den Eltern des Bräutigams Liesbeth und

Hugo hinüber, die niedergeschmettert auf einer Gartenbank saßen.

„Mein Beileid", begann Hauptkommissarin Meyerbach mit ihrem Notizbuch in der Hand. „Ich kann nur erahnen, wie Sie sich jetzt fühlen müssen."

Liesbeth ergriff die Hand ihres Mannes und schaute die Hauptkommissarin mit tränennassen Augen an. „26 Jahre alt wurde er. Mein Kind! Das hat er nicht verdient. Er hatte alles Glück der Welt noch vor sich. Wie konnte das nur geschehen?"

Die Hauptkommissarin wusste darauf nichts zu sagen. Sie senkte für einen Moment den Blick.

„Hatte er noch Geschwister?" fragte Kommissar Flausch mitfühlend.

„Ja", antwortete Hugo. „Wir haben noch einen Sohn. Lothar heißt er. Er ist jünger als Heiko. Zur Hochzeitsfeier konnte er heute nicht kommen. Er ist selbstständig in der Werbebranche tätig, wissen Sie. Er hat zu viel zu tun. Nun kann er seinen Bruder nicht mehr lebend sehen."

„Gab es denn jemanden", fragte der Kommissar weiter, „der Ihrem Sohn das Glück der Heirat nicht gönnte? Oder jemanden, mit dem er in Konflikt stand?"

Liesbeth und Hugo sahen sich an. „Nein, nicht dass wir wüssten. Heiko ist … war ein Sonnenschein. Er war überall beliebt und sehr erfolgreich in dem, was er tat.“

Liesbeth fing an zu weinen. Eine unangenehme Pause entstand. Die Hauptkommissarin fühlte, dass das Elternpaar jetzt gerade nicht dazu in der Lage war, weitere Fragen zu beantworten.

„Wir danken Ihnen“, beendete sie sanft das Gespräch. „Wir werden gegebenenfalls nochmals auf Sie zurückkommen, wenn wir weitere Fragen haben.“

Liesbeth und Hugo nickten. Dann standen sie auf und verließen langsamen Schrittes das Anwesen.

Kommissar Flausch überblickte den einst feierlich geschmückten Garten. Es hatte vermutlich viel Mühe gekostet, dachte er, dies alles zu arrangieren. Dann wurde mit einem Mal alles Glück zerstört und zwei Leben ausgelöscht.

„Was glaubst du, war es ein gezielter Anschlag?“, unterbrach Hauptkommissarin Meyerbach seine Gedanken.

„Du meinst, dass jemand gezielt versucht hat, eine bestimmte Person zu töten? Mit einem Sprengsatz? Das ist eher unwahrscheinlich.“

Die Hauptkommissarin nickte.

„Wie hätte man sicherstellen können, dass die eine bestimmte Person auch tatsächlich stirbt?"

„Das ist die Frage." Sie blickte ihn nachdenklich an. „Oder war es ein politisch oder religiös motivierter Anschlag? Jemand versuchte wahllos die Feier zu zerstören aus einem Grund, den wir noch nicht kennen oder vielleicht, um ein Exempel zu statuieren?"

Kommissar Flausch schaute zur Spurensicherung hinüber: „Vielleicht geben uns ja die Kollegen mehr Aufschluss darüber. Anhand des Sprengsatzes und wie er gezündet wurde, kann man vielleicht ableiten, ob Methode dahintersteckt oder ob es sich um einen Einzeltäter handelt, der eigens für heute selbst etwas zusammengebaut hat."

„Guter Gedanke!", lobte Hauptkommissarin Meyerbach ihren Kollegen. „Komm mit!"

Die beiden gingen zur Unglücksstelle hinüber, an der gerade offenbar ein wichtiges Detail gefunden wurde. Eine Gruppe kniete dort, wo einst der Gabentisch aufgestellt war. Nachdem emsig miteinander gesprochen wurde, winkte einer der Polizeibeamten Hauptkommissarin Meyerbach zu sich hinüber.

„Wir haben mit großer Sicherheit den Ursprung der Explosion gefunden", begann dieser. „Der Sprengsatz muss sich hier auf dieser Seite des Raumes befunden haben. Wir vermuten, dass er sich in einem der Geschenke auf dem Tisch befunden haben musste. Wir haben rotgefärbte Keramikscherben mit eindeutigen Rückständen gefunden, die im gesamten Raum verteilt sind. Es könnte sich zum Beispiel um einen Übertopf gehandelt haben, in dem der Sprengsatz versteckt war, der dann durch die Sprengung zerborsten ist. Die Sprengung wurde aller Wahrscheinlichkeit nach durch eine ferngesteuerte Zündung ausgelöst. Wir haben Teile des, ich muss es sagen, dilettantischen Aufbaus gefunden."

„Was heißt dilettantisch?", wollte Hauptkommissarin Meyerbach wissen.

„Naja, nicht fachmännisch jedenfalls. Der Sprengsatz hätte jeden Moment von selbst hochgehen können."

„Das heißt, dass es sich Ihrer Meinung nach eher um einen Täter handelt, der unter Umständen zum ersten Mal etwas Derartiges zusammengebaut hat?"

„Genau, ohne großes Fachwissen. Vielleicht anhand einer Anleitung aus dem Internet oder Marke Eigenbau."

Hauptkommissarin Meyerbach hakte nach: „Es handelt sich also aller Wahrscheinlichkeit nach nicht um eine großangelegte Aktion, sagen wir ein religiös oder politisch motiviertes Attentat einer einschlägigen Organisation?"

Der Polizeibeamte schüttelte den Kopf: „Ausschließen kann man nichts. Da muss man die Familie genauer unter die Lupe nehmen. Aber ich tippe eher auf einen Einzeltäter als auf einen durch eine professionelle Gruppe ausgeführten Anschlag."

Hauptkommissarin Meyerbach nickte und bedankte sich. Den ausführlichen Bericht würden sie morgen im Verlauf des Tages erhalten.

Nachdem die Polizeibeamten die Spuren gesichert und die Unglücksstelle abgeriegelt hatten, verließen alle, einschließlich Wilma und Monty, das Anwesen. Hauptkommissarin Meyerbach verabschiedete die Kollegen und stieg zu Kommissar Flausch ins Auto.

„Schreckliche Sache!", begann Kommissar Flausch. „Ich weiß nicht, ob ich mich jemals daran gewöhnen kann. Wie ist das, Bettina, verfolgen einen nicht ständig die Bilder von dem ganzen Schrecklichen, dem wir permanent ausgesetzt sind?"

„Du wirst dich daran gewöhnen", sagte sie mechanisch darauf. „Irgendwann wird auch das zur Normalität, du wirst sehen."

Kommissar Flausch schaute sie entgeistert an. Es war seit dem Studium erst sein zweiter Fall. Er wollte auf keinen Fall so abgebrüht werden wie offenbar viele andere, die schon seit Jahren dabei waren. Es waren

Menschenleben mit einer individuellen Lebensgeschichte, die gewaltsam ausgelöscht wurden. Er glaubte seiner Kollegin nicht, dass es ihr nichts ausmachte. Sie zeigte nach außen hin zwar keine Gefühle, doch im Innern, da musste auch sie Mitgefühl haben.

„Nein, das glaube ich nicht", fügte er leise hinzu.

Nach einer etwa zwanzigminütigen, stummen Fahrt verabschiedeten sie sich vor dem Karlsruher Polizeirevier West.

„Bis morgen früh", sagte sie.

Nachdem sie bereits im Gehen war, meinte er: „Vielen Dank für unseren ersten gemeinsamen Einsatz."

Sie blieb stehen und drehte sich um: „Ach ja, war gut, danke auch."

„Ich freue mich auf die Zusammenarbeit. Ich denke, das passt gut."

„Ja, danke", beendete sie das Gespräch, drehte sich um und ließ ihn stehen. Er schaute ihr noch nach, bis sie mit ihrem Auto fortgefahren war. Dann stieg auch er in sein eigenes Auto und fuhr nach Hause.

4

Gegen Mittag klopfte Kommissar Flausch an Hauptkommissarin Meyerbachs Bürotür. Diese stand vor einer großen Pinnwand.

„Was ist das?", fragte er interessiert im Hineingehen.

Sie erklärte ihm, dass sie alle an der Hochzeit anwesenden Personen auf Zettel geschrieben und nach Gruppen sortiert angeheftet habe. „Zentral in der Mitte befindet sich das Brautpaar, Tilda und Heiko Fraunscheuer. Rechts daneben Heikos Eltern, Liesbeth und Hugo Fraunscheuer. Und links unter der Braut …"

„Es fehlt noch der Bruder", unterbrach er sie.

„Bitte?"

„Na, Heikos Bruder Lothar. Er war an der Hochzeit nicht anwesend, gehört aber dennoch zur Familie."

„Guter Einwand. Reich mir bitte einen Zettel." Sie schrieb den Namen Lothar Fraunscheuer auf und pinnte ihn unter seine Eltern. „Ok, dann haben wir die Familie der Braut", fuhr sie fort. „Hier der Vater Heiner Giesellau … Hast du im Krankenhaus angerufen?"

Er bejahte. „Herr Giesellau liegt momentan im Wachkoma. Es ist unklar, ob und wann er aufwacht und, wenn ja, dann wird er wahrscheinlich eine geistige Beeinträchtigung haben."

Hauptkommissarin Meyerbach nickte. „Ok, ich danke dir." Dann wendete sie sich wieder der Pinnwand zu. „Da gibt es Wilma Mitschmacher, die Tante der Braut mit ihrer Tochter Rosemarie. Die Mutter Lucy Giesellau ist gestorben." Sie deutete auf die genannten Namen. „Dies ist der innere Kreis der Familie."

„Zu dem ich irgendwie diesen Montgomery Manhenke dazuzählen würde", überlegte Kommissar Flausch. „Er ist ein enger Freund der Familie und war an der Planung der Hochzeit maßgeblich beteiligt."

Hauptkommissarin Meyerbach stimmte zu, nahm seinen Zettel und hängte ihn unter das Brautpaar. Dann deutete sie auf die vielen Kärtchen mit den Namen der weiteren Freunde und Kollegen des Brautpaars sowie der weiter entfernten Familienmitglieder. „Das hier sind die Personen, die meiner Meinung nach aus momentaner Sicht keine große Rolle spielen. Wir müssen sie dennoch alle durchleuchten. Bist du dazu gekommen?"

„Ja. Ich bin die Liste durchgegangen, die wir von Wilma Mitschmacher bekommen haben. Es gibt keine Besonderheiten. Niemand von der Hochzeitsgesellschaft ist einschlägig bekannt oder vorbestraft. Alles unbeschriebene Blätter."

„Ist jemand von ihnen politisch aktiv? Oder hat jemand eine Position inne, die aus politischer Sicht angreifbar wäre?"

Kommissar Flausch überlegte. Dies müsse er noch untersuchen. Daran hatte er nicht gedacht. Er wolle sich am Nachmittag an den Computer setzten und zu den Personen Recherchen durchführen.

Hauptkommissarin Meyerbach betrachtete das entstandene Bild. Dann sagte sie: „Tilda war Architekturstudentin und Heiko Ingenieur bei der Karlsruher Raffinerie. Heiner Giesellau arbeitet in der Verwaltung bei der Agentur für Arbeit in Karlsruhe. Ich frage mich, welches Motiv der Täter hatte, alle drei oder einen der drei auszulöschen. Wenn es so ist, dass das Attentat aus seiner Sicht erfolgreich war."

Kommissar Flausch hatte keine Antwort parat.

„Lass uns zum Anwesen nach Bruchsal fahren. Wir müssen uns im Haus umsehen. Außerdem müssen wir nochmal mit Wilma Mitschmacher sprechen. Vielleicht weiß sie etwas von einem roten Übertopf, in dem sich möglicherweise der Sprengsatz befunden hat."

Die beiden machten sich auf den Weg nach Bruchsal. Während der Fahrt bat Kommissar Flausch Wilma zum Haus der Giesellaus zu kommen.

Nach einer halben Stunde waren sie am Tatort angekommen. Wilma wartete bereits vor dem Haus. Hauptkommissarin Meyerbach öffnete die durch die Polizei versiegelte Tür. Im Esszimmer begann sie das Gespräch: „Wir danken Ihnen, Frau Mitschmacher, dass Sie so spontan gekommen sind. Es handelt sich um die Geschenke, die das Brautpaar bekommen hat. Wir benötigen von Ihnen eine gezielte Information. Vielleicht erinnern Sie sich daran, ob das Brautpaar entweder einen Blumenstock oder ein Blumengebinde in einem roten Übertopf geschenkt bekommen hat?"

„Ein roter Übertopf?", fragte Wilma nach. „Nun ja, Tilda und Heiko bekamen dutzende Blumen. An einen roten Übertopf erinnere ich mich nicht."

Sie machte eine Pause. „Oh doch! Jetzt, wo Sie das sagen. Da war tatsächlich ein roter Übertopf. Es hatte geklingelt. Ein Herr stand vor der Tür mit einem wunderschönen Blumengebinde in einem großen roten Übertopf. Ich bat ihn herein, doch er wollte draußen stehen bleiben. Ich holte Tilda und er überreichte ihr höflich die Blumen. Anschließend ging er wieder."

„Was war das für ein Mann? Kannten Sie ihn?"

Wilma schüttelte den Kopf: „Er war mir fremd."

„War es ein Bekannter von Tilda? Hat sie mit ihm in vertrauter Weise gesprochen?"

„Nein, das nun gar nicht. Sie war verwundert, genau wie ich es war. Und sie war verunsichert." Wilma machte eine Pause. Sie versuchte sich an den Moment zu erinnern, an dem sie und Tilda dem Fremden gegenüberstanden. „Irgendwas an ihm störte mich. Daran erinnere ich mich noch. Er ist mir unsympathisch, dachte ich. Etwas passte nicht."

„Wie können wir das verstehen?"

Wilma versuchte, sich genauer auszudrücken: „Etwas stimmte an seinem Erscheinungsbild nicht."

Hauptkommissarin Meyerbach hakte nach: „Bitte, beschreiben Sie uns den Mann so genau, wie Sie es können."

„Er war vielleicht um die vierzig Jahre alt und hatte einen sehr feinen cremefarbenen Anzug mit braunen Streifen an. Aber irgendwas, wie soll ich das sagen, passte nicht, wenn ich darüber nachdenke." Wilma überlegte angestrengt. Dann betrachtete sie ihre Hände, mit denen sie nervös spielte. „Ja, das ist es!" rief sie. „Seine Hände, die waren sehr ungepflegt mit starken Schwellungen und die Nägel lang und schwarz. Ich dachte mir, wie kann so ein feiner Herr solche Hände haben? Insgesamt war er eher ungepflegt."

Hauptkommissarin Meyerbach sah ihren Kollegen an und schrieb etwas in ihr Notizbuch. Dann bedankte sie sich für die genaue Beschreibung des Mannes. Wilma durfte wieder gehen, solle sich aber bereithalten, falls sie noch weitere Fragen an sie hätten.

„Also, nehmen wir an, der Sprengsatz wurde von diesem Mann an der Hochzeitsfeier übergeben", dachte sie laut nach, als sie wieder alleine waren. „Er war ungepflegt, was für das eigentlich feine Erscheinungsbild eher ungewöhnlich war."

„Wir müssen herausfinden, wer es war. Wir könnten das Umfeld befragen. Vielleicht hat ihn jemand kommen oder gehen sehen. Vielleicht finden wir so eine Spur", warf Kommissar Flausch ein.

„Möglich", hielt sich Hauptkommissarin Meyerbach bedeckt. „Jetzt schauen wir uns erst einmal hier im Haus um. Vielleicht finden wir etwas, das auf ein Motiv hinweist."

Beide gingen zuerst durch das Treppenhaus hinunter in die Souterrainwohnung, deren Tür offen war. Die Wohnung war unordentlich. Offenbar musste es am Hochzeitstag hektisch zugegangen sein. Kleidungsstücke lagen verstreut herum, das Frühstücksgeschirr war nicht aufgeräumt. Die Wohnung schien noch voller Leben zu sein, als ob Tilda und Heiko jeden Moment zurückkommen würden, um aufzuräumen. „Unheimlich", befand Kommissar

Flausch. „Die beiden wurden mitten aus dem Leben gerissen."

Zielstrebig ging Hauptkommissarin Meyerbach gefolgt von ihrem Kollegen ins Schlafzimmer. Sie öffnete den Kleiderschrank. Aus ihrer Erfahrung heraus wusste sie, dass viele dort wichtige Unterlagen versteckten. Sie suchte nach einem Karton oder einer Kiste. Wider Erwarten wurde sie nicht fündig. Nachdenklich schloss sie den Schrank. Anschließend öffnete sie die Schubladen der Nachttischchen. Baldriantabletten, Taschentücher und Ohrstöpsel lagen darin. Illustrierte und diverse Bücher mit trivialen Titeln lagen darauf. „Die Liebesinsel", las sie und schaute ihren Kollegen mit einem bedeutsamen Blick an. Dieser lächelte leicht. Dann verließen sie das Schlafzimmer.

Anschließend öffnete Hauptkommissarin Meyerbach einen kleinen Büroraum. Er verfügte über einen Schreibtisch, den offenbar beide benutzten. Auf ihm lagen in wildem Durcheinander diverse Schreibutensilien, Büroartikel, Zettel mit Notizen und Nummern, sowie ein Teller mit einem angebissenen Brot. Sie las: „Frisör 10 Uhr … Petra anrufen … Heiner Gutschein als Dankeschön besorgen … Reifenwechseln … Hm, eher uninteressant", urteilte sie. In den Regalen dahinter befanden sich Fachbücher der Architektur, unzählige Ordner aus Tildas Studium und einige Ordner mit persönlichen Dokumenten. „Die Ordner mit den Dokumenten nehmen wir mit, zur Durchsicht." Sogleich zog Kommissar Flausch zwei Ordner heraus, die er sich unter den Arm klemmte.

In der rechten Schreibtischschublade lag auf einem Stapel Papier ein kleines Büchlein: „Adressen und Telefonnummern", stand darauf. Dann blätterte die Hauptkommissarin es durch. Es fiel ein Brief heraus, der an Tilda Giesellau adressiert war. Ein Absender war nicht darauf geschrieben. Sie öffnete ihn und las vor: „Liebste Tilda, ich kann nicht mit Dir, aber auch nicht ohne Dich. Auf immer und ewig, Dein Florian." Beide schauten sich an. Sie las ihn ein zweites Mal. Dann fragte sie ihren Kollegen: „Was meinst du?"

„Scheint so, als habe Tilda einen Verehrer gehabt."

Sie nickte. „Und weiter?"

„Nun, er konnte nicht mit ihr, aber will auch nicht ohne sie."

„Ja, das habe ich ja vorgelesen. Das meine ich nicht."

„Vielleicht ist es eine Androhung, dass er sich etwas antut, wenn sie seine Liebe nicht erwidert."

Sie schüttelte den Kopf und überreichte ihm den Brief mit der Aufforderung, genau hinzusehen. Er nahm den Brief in die Hand und betrachtete ihn. „Die Schrift ist ungewöhnlich." Sie nickte zustimmend. Er fuhr fort: „Keine normale Handschrift, würde ich sagen. Sie ist eher wie gemalt. Eine Art Kunstschrift, als ob sich jemand beim Schreiben besonders viel Mühe gegeben hätte, schön zu schreiben."

„So sehe ich das auch. Aber warum?"

Kommissar Flausch zuckte mit den Schultern. „Warum? Der Schreiber wollte offenbar, dass der Brief etwas Besonderes war."

Die Antwort befriedigte Hauptkommissarin Meyerbach nicht. „Jedenfalls ist er sehr interessant." Sie nahm den Brief und steckte ihn ein.

Danach öffnete sie die linke Schreibtischschublade. Dort lag Heikos Kalender. Sie nahm ihn und blätterte ihn durch. „Er hat alle privaten und geschäftlichen Termine dort hineingeschrieben. Wir nehmen ihn mit und erstellen eine Art Bewegungsprofil. Vielleicht stoßen wir auf etwas Interessantes."

„Das werde ich übernehmen."

Sie gab ihrem Kollegen den Kalender und schloss die Schubladen. Ihr Blick wanderte weiter. An der einen Wand hing eine Pinnwand mit Fotografien. Dort waren Bilder von Tilda und Heiko angepinnt. Dann stutze sie. Ein Bild zeigte einen anderen Mann. Sie nahm das Bild in die Hand und drehte es um. Tatsächlich stand ein Name darauf: „Florian", las sie. Dann drehte sie es wieder um und zeigte es ihrem Kollegen: „Das ist vermutlich der Schreiber des Liebesbriefes: Florian." Sie steckte das Foto in den Briefumschlag.

Nachdem sie sich im Büro weiter umgeschaut hatten, beschlossen sie, oben im Haus bei Heiner weiterzumachen.

Dort durchkämmten sie die verschiedenen Wohnräume. Heiner hatte eine tadellose Ordnung in seinen Unterlagen. Alles war akribisch beschriftet und nach Kalenderjahren abgeheftet. Es waren keine Ungereimtheiten ersichtlich. Heiner war keiner Glaubensgemeinschaft angehörig, was sie seinem Lohnsteuerbescheid entnehmen konnten. Es gab auch keine Hinweise, dass Heiner politisch aktiv war. Er war vollkommen unauffällig.

In seiner Wohnung fanden sie nichts Eindeutiges, was darauf hinwies, dass er als Opfer bei dem Anschlag getötet werden sollte, keine offensichtliche Angriffsfläche. Heiner war scheinbar ein vorbildlicher Bürger, der ein tadelloses Leben führte in einem intakten sozialen Netz.

Nach getaner Arbeit verließen sie das Haus. Mit dem Gefühl, etwas Interessantes gefunden zu haben, fuhren sie zurück nach Karlsruhe.

5

Wieder zurück in Karlsruhe saßen Hauptkommissarin Meyerbach und ihr Kollege im Büro zusammen. Zwischen ihnen lag der Brief, die Fotografie, Heikos Kalender und die Ordner mit den Dokumenten.

„Ich werde mich um Heikos Bewegungsprofil kümmern und den Kalender durchforsten", bot Kommissar Flausch an. „Außerdem steht noch die Recherche aus, die Hochzeitsgäste nach religiöser Zugehörigkeit und politischer Aktivität zu durchleuchten."

„Sehr gut, mach das", sagte Hauptkommissarin Meyerbach in Gedanken versunken, während sie das Telefon nahm und eine Nummer wählte. Kommissar Flausch lauschte neugierig, als sie sprach: „Hallo Dieter? Hier ist Bettina. Ich habe eine Bitte an dich. Wenn bei euch in Bruchsal ein Obdachloser oder Landstreicher mit cremefarbenem braungestreiftem Anzug gesichtet wird, gib mir bitte umgehend Bescheid. Es ist möglich, dass dieser etwas mit unserem derzeitigen Fall zu tun hat … Ja, genau, haltet die Augen offen. Es wäre außerordentlich wichtig mit ihm zu sprechen, die Zeit drängt … klingle einfach durch … das erkläre ich dir dann ausführlicher, wenn wir uns sehen. Ich danke dir! Mach's gut!"

Kommissar Flausch fragte ungläubig: „Ein Obdachloser oder Landstreicher?"

„Ja, mir ist da eine Idee gekommen", antwortete sie mit einem Lächeln. „Hör zu: Ich gehe nicht davon aus, dass der Überbringer der Blumen auch der Attentäter ist. Das wäre aus Sicht des Täters zu leichtsinnig. Es wird jemand sein, der bestochen oder dem eine Belohnung versprochen wurde, wenn er die Blumen wie vereinbart übergibt. Als Frau Mitschmacher ihn beschrieb, wusste ich, etwas konnte nicht stimmen. Die Kleidung passte nicht zu dem Typ Mann. Der feine Anzug wirkte eher wie eine Verkleidung. Und dann die Hände: Sie sprach von Schwellungen. Mitunter haben Obdachlose Schwellungen an den Händen."

„Schwellungen?", fragte Kommissar Flausch nach.

„Ja, das sind keine Schwellungen im eigentlichen Sinne, sondern dauerhafte Frostbeulen. Daher fielen Frau Mitschmacher seine Hände auf. Obdachlose haben meist ungepflegte Hände und auf Grund ihrer Lebensumstände häufig einen ungesunden Teint."

„Da könnte etwas dran sein", bestätigte Kommissar Flausch.

„Reine Intuition. Natürlich, es könnte auch ganz anders sein", gab sie zu. „Irgendjemand, der berufsbedingt hart mit seinen Händen arbeitet, würde natürlich auch passen. Aber stell dir vor: Ein Obdachloser ist bestimmt eine leichte Beute. Der Täter könnte ihm eine neue Garderobe versprochen haben und viel Geld, wenn der Auftrag erfüllt war. Dann, als der Arme schließlich zugesagt hatte, kam der Täter mit dem schicken Anzug und dem Blumengebinde daher. Zur verabredeten Zeit klingelte jener schließlich an der Tür." Nach einer Pause fuhr sie fort: „Und jetzt muss der Überbringer mundtot gemacht werden, das ist ganz klar. Er könnte sonst den Täter verraten. Ich hoffe, die Polizei findet ihn, bevor ihn der Täter erwischt. Deshalb der Anruf eben bei den Bruchsaler Kollegen. Die Zeit wird zeigen, ob ich recht habe."

„Wahnsinn, das klingt total schlüssig", sagte Kommissar Flausch energisch. „Wie machst du das? Auf die Idee wäre ich nie gekommen!"

„Das ist nicht Wahnsinn. Das ist Kombination und logisches Denken. Vielleicht irre ich mich ja. Wir werden sehen."

Kommissar Flausch sah seine Kollegin bewundernd an, die gerade dabei war den Brief zu öffnen, um ihn nochmals zu lesen. Als sie seinen Blick spürte, sah sie auf: „Was ist?", fragte sie erstaunt. „Warum schaust du mich so an?"

„Nichts", sagte er verlegen und strich sich durch die Haare. Er nahm Heikos Kalender und stand auf. In seinem Büro wolle er sich jetzt an die Arbeit machen. Hauptkommissarin Meyerbach stand ebenso auf. Sie würde Wilma Mitschmacher einen Besuch abstatten und auf die Suche nach diesem Florian gehen.

Wilma war gerade dabei frisches Sommergemüse anzubraten. Sie dachte an den Unglückstag. Wie grausam und bitter war der Verlust und der seelische Schmerz, den sie erlitten hatte. Und wie unfassbar war es, dass das Leben doch weiterging, als ob nichts geschehen war. Die Welt blieb nicht stehen. Sie stand in der Küche und kochte. Mechanisch rührte sie in der Pfanne. Nach Essen war ihr nicht. Sie kochte nur, weil Rosemarie seit dem Unglückstag vorübergehend bei ihr eingezogen war. Ängstlich und verstört war Rosemarie, was Wilma Sorge bereitete. Nachdem sie den Reis abgegossen hatte, rief sie: „Rosi, das Essen ist fertig!"

Diese rührte sich nicht. Das ehemalige Kinderzimmer blieb verschlossen. Wilma klopfte an die Tür: „Rosi, kommst du, du musst etwas essen. Es gibt etwas ganz Leichtes."

Wieder rührte sich nichts.

Schließlich öffnete Wilma vorsichtig die Tür. Rosemarie lag zusammengekauert auf dem Bett. Schnellen Schrittes eilte Wilma zu ihr: „Liebes, was ist mir dir?"

Stumm lag Rosemarie da. Eine Träne lief ihr die Wange hinunter.

„Alles wird gut, kleine Rosi, du wirst sehen. Mach dir keine Sorgen", versuchte Wilma zu trösten, während sie ihr über den Kopf strich. „Es wird aufgeklärt werden und der Schuldige wird sich dafür verantworten müssen. Du brauchst keine Angst zu haben. Es wird dir hier bei mir nichts geschehen."

Rosemarie schaute auf. „Ich habe solche Angst, Mutter! Die Polizei … die Polizei wird kommen …" Ihre Stimme brach ab.

„Ja, die Polizei wird kommen. Aber davor brauchst du keine Angst zu haben. Sie werden dir nichts tun."

Undurchsichtig schaute Rosemarie ihre Mutter an. Dann sprach sie: „Ich wollte nicht, dass sie stirbt!"

Wilma verstand nicht, was Rosemarie damit sagen wollte. Dass so etwas Schreckliches passiert, wollte schließlich niemand.

Es klingelte. Rosemarie zuckte zusammen. Wilma seufzte, dann stand sie auf und öffnete die Tür. Es war Hauptkommissarin Meyerbach, die vor der Tür stand. Sie bat Wilma, ihr ein paar Fragen zu beantworten. Wilma bat sie herein und führte sie ins Wohnzimmer. Dort angekommen zog die Hauptkommissarin Florians Foto aus ihrem Notizbuch. „Kennen Sie diesen Mann?", fragte sie.

Wilma nahm das Foto in die Hand und betrachtete es. Dann schüttelte sie langsam den Kopf und verneinte: „Ich habe diesen Mann noch nie gesehen. Wer soll das sein?"

Hauptkommissarin Meyerbach stellte eine weitere Frage: „Glauben Sie, dass Tilda ein Verhältnis hatte? Vor oder zeitgleich zu Heiko?"

„Ein Verhältnis? Tilda? Aber nein, wie kommen Sie darauf? Ich kenne Tilda seit ihrer Geburt. Heiko war ihr erster Freund. Sie wusste schon sehr früh, dass sie ihn heiraten würde." Nach einer Pause fragte sie: „Und das auf dem Foto soll der Mann sein, mit dem sie angeblich ein Verhältnis hatte? Der wäre ja viel zu alt! Er könnte ja ihr Vater sein. Nein, also ganz abwegig!"

„Wie lange kennen Sie die Familie schon?"

„Wie lange? Nun, Heiner und meine Schwester Lucy lernten sich 1995 auf einem Straßenfest vor dem Bruchsaler Schloss kennen. Ich war dabei, als sie sich das erste Mal trafen. Seitdem kenne ich Heiner. Sie heirateten kurz darauf und drei Jahre später kam Tilda zur Welt."

„Und was wissen Sie über Heiner Giesellau? Über seine Vergangenheit zum Beispiel?"

Wilma dachte nach. „Nicht viel. Er ist im Allgemeinen nicht rückwärtsgewandt. Er spricht selten über die Vergangenheit. Ich weiß, dass er ursprünglich aus Dresden kommt und nach der Wende nach Bruchsal gezogen ist. Warum ausgerechnet Bruchsal? Das weiß ich nicht. Vielleicht hatte er hier einen Job bekommen. Er wollte jedenfalls raus aus dem Osten. So klang das jedenfalls für mich. Jetzt sind wir nicht nur Familie. Heiner ist einer meiner liebsten und engsten Freunde."

„Wie lange leben Sie schon hier?"

„In dieser Wohnung meinen Sie? Ich war einmal verheiratet. Die Ehe scheiterte und ich zog aus dem gemeinsamen Haus aus. Mein lieber Mann hat mich finanziell über den Tisch gezogen. Eine Eigentumswohnung kann ich mir leider nicht mehr leisten. Seit acht Jahren lebe ich in dieser Mietwohnung.

Es war die einzige bezahlbare Dreizimmerwohnung für Rosemarie und mich, die ich damals bekommen habe."

„Lebt Rosemarie noch bei Ihnen?"

„Seit Beginn des Studiums hat sie ein kleines Zimmer in einem Studentenwohnheim in Karlsruhe. Seit der Hochzeit lebt sie vorübergehend wieder bei mir."

Hauptkommissarin Meyerbach nickte. „Ist sie gerade hier?"

Wilma zögerte einen Moment. Dann bejahte sie und rief: „Rosemarie, kommst du mal? Die Frau Kommissarin ist da und möchte dir ein paar Fragen stellen."

Es regte sich nichts. Wilma entschuldigte sich für einen Moment und verließ den Raum. Einige Minuten später kam sie mit Rosemarie zurück.

„Hallo Rosemarie", begann Hauptkommissarin Meyerbach. „Kannst du mir bitte sagen, ob du diesen Mann hier auf dem Foto kennst?" Sie zeigte ihr Florians Bild.

Rosemarie zitterte unmerklich. Sie schüttelte langsam den Kopf. Anschließend fragte die Hauptkommissarin weiter: „Weißt du, ob Tilda ein Verhältnis hatte?"

Rosemaries Augen weiteten sich. „Vielleicht hatte sie eins. Sie nahm sich immer das, was sie wollte."

„Rosemarie!", stieß Wilma aus. „Was redest du denn da?"

„Bitte", flehte Rosemarie, „ich wollte das nicht! Ich wollte nicht, dass sie stirbt! Egal was gewesen war, das hat sie nicht verdient!" Weinend rannte sie zurück in ihr Zimmer und knallte die Tür hinter sich zu.

Wilma schaute ihr entgeistert nach. Sie entschuldigte sich bei der Hauptkommissarin für das Verhalten. Rosemarie sei seit dem Unglück total verängstigt. Vielleicht sollte sie sich psychologische Hilfe holen.

Hauptkommissarin Meyerbach beließ es dabei, verabschiedete sich von Wilma und verließ die Wohnung.

Etwa zwanzig Minuten später befand sich Hauptkommissarin Meyerbach vor einem großen Bruchsaler Mietshaus. Sie suchte einen Namen und betätigte die Klingel. Die Tür öffnete sich. Sie stieg in den dritten Stock hinauf und stand wenige Augenblicke später Monty gegenüber. Dieser bat sie freundlich hinein. Entschuldigend erklärte er, dass er als Single nur eine kleine Mietwohnung bewohne, die gerade nicht besonders aufgeräumt war.

Hauptkommissarin Meyerbach zog Florians Bild aus der Tasche: „Herr Manhenke, ist Ihnen dieser Mann schon einmal begegnet?"

Monty nahm das Bild in die Hand. Er betrachtete es und verneinte anschließend die Frage.

„Könnte es sein, dass Tilda ein Verhältnis hatte? Vor oder während der Beziehung mit Heiko?"

Entgeistert schaute Monty die Hauptkommissarin an: „Nein, wie kommen Sie darauf? Tilda hatte in ihrem kurzen Leben nur einen Mann und das war Heiko. Sie hatte keine Augen für andere und wusste schon sehr früh, dass sie ihn heiraten wollte."

Unzufrieden nahm die Hauptkommissarin das Bild wieder zurück. Scheinbar hielt Tilda ihr Verhältnis zu Florian geheim. Niemand hatte davon etwas mitbekommen. Stille Wasser sind tief, dachte sie unweigerlich bei sich. Dann wechselte sie das Thema: „Herr Manhenke, Sie sind ein Vertrauter der Familie, fast schon ein Familienmitglied, wie mir Wilma Mitschmacher beschrieben hat. Können Sie sich vorstellen, wer ein Motiv gehabt haben könnte für diesen grausamen Anschlag?"

Monty überlegte.

„Vielleicht ging es um Liebe oder um finanzielle Dinge? Wer hat einen Vorteil, wenn Tilda und Heiko sterben?"

„Wieso fragen Sie das? Ich kann es mir nicht vorstellen und ich wüsste nicht, wie man aus Tildas und Heikos Tod profitieren könnte. Sie waren jung und aufrichtig. Da gibt es keine dunklen Geheimnisse."

„Und was ist, wenn Heiner Giesellau stirbt?"

„Das hoffe ich nicht! Wie geht es ihm?"

Die Hautkommissarin erklärte, dass er am Leben sei, aber man nicht sicher sein konnte, ob er je wieder sein altes Bewusstsein erlangen würde.

„Heiner", sagte Monty, „das ist mein bester Freund, wissen Sie. Niemand würde von seinem Tod profitieren."

„Und das Haus oder sein Geld? Wer wird es erben?"

„Das weiß ich nicht. Vielleicht hat er ein Testament gemacht. Ansonsten greift die Erbfolge, oder? Es gibt einen Cousin, irgendwo in Dresden, glaube ich."

„Wie und wann haben Sie beide sich kennengelernt?"

Monty überlegte einen Augenblick. „Das war 1995. In dem Jahr, als Heiner seine spätere Frau Lucy auf einem Straßenfest kennenlernte. Lucy hatte im Spätsommer ein Geburtstagsgartenfest gefeiert. Eine Freundin von Lucy hatte mich als Begleitung auserkoren. Und da trafen wir uns alle zum ersten Mal. Mir waren Lucy und Heiner auf den ersten Blick sehr sympathisch. Als Lucy dann später starb, hat sich meine Freundschaft zu Heiner vertieft."

„Erzählen Sie mir etwas über sich. Sie sind nicht gebürtig aus Bruchsal?"

„Nein, ich komme aus Beelitz. Das ist ein kleiner Ort südwestlich von Berlin. Vielleicht haben Sie schon einmal etwas von den Heilstätten Beelitz gehört? Das ist nach der Wende ein beliebtes Ausflugsziel geworden. Ein Lost-Place, wie man heute sagt. Ursprünglich war es eine groß angelegte Lungenheilanstalt mit unzähligen Häusern, die nun alle verwaist sind, leer stehen und langsam in sich verfallen. Früher konnte man durch die alten Häuser gehen. Heute ist das, glaube ich, nicht mehr erlaubt."

„Nein, Beelitz kenne ich nicht", verneinte Hauptkommissarin Meyerbach. „Wann sind Sie dann in den Westen gezogen?"

„Gleich nach der Wende. Ich wollte etwas anderes sehen. Und nur durch einen Zufall kam ich nach Bruchsal, weil ich hier ein Jobangebot bekommen hatte. Und schließlich bin ich hier hängen geblieben."

„Sie arbeiten als…?"

„Ich bin technischer Zeichner."

Hauptkommissarin Meyerbach nickte. Anschließend fragte sie: „Sie sind und waren nicht verheiratet?"

Monty war diese Frage sehr unangenehm. Er bestätigte schließlich: „Ich war noch nie verheiratet, nein."

Hauptkommissarin Meyerbach sah ihm nachdenklich in die Augen. Dann beendete sie das Gespräch: „Ich danke Ihnen, Herr Manhenke. Ich werde gegebenenfalls wiederkommen, wenn sich weitere Fragen ergeben."

Monty führte sie zur Wohnungstür und verabschiedete sie höflich. Als die Hauptkommissarin gegangen war, hielt er einen Moment lang nachdenklich inne.

6

Am frühen Abend bat Hauptkommissarin Meyerbach ihren Kollegen Flausch zu sich ins Büro. Dieser kam mit seinen Untersuchungsergebnissen, die er neben sich auf den Tisch legte. Zunächst berichtete die Hautkommissarin ausführlich von ihren Begegnungen am Nachmittag mit Wilma und Rosemarie sowie über das Gespräch mit Monty. Kommissar Flausch hörte aufmerksam zu. Er solle Gegenfragen stellen, wenn etwas nicht plausibel oder widersprüchlich sei.

„Rosemarie gibt mir Rätsel auf", sagte sie schließlich, nachdem sie fertig erzählt hatte. „Das, was sie sagte, und so, wie sie sich verhielt, war ungewöhnlich, wie ich finde. Ich werde nicht ganz schlau aus ihr: 'Ich wollte nicht, dass sie stirbt'", wiederholte sie Rosemaries Worte.

„Sie nimmt großen Anteil an der Tragödie. So klingt es jedenfalls."

„Möglich", Hauptkommissarin Meyerbach tippte mit dem Finger auf ihre Notizen. „Jedenfalls ist sie emotional aufgewühlt. Sie schien mir sehr verzweifelt zu sein und sie hatte Angst. Doch wovor, das weiß ich noch nicht."

Kommissar Flausch konnte sich ebenso noch keinen Reim darauf machen.

„Dann sind da Wilma Mitschmacher, Montgomery Manhenke und Heiner Giesellau, die sich alle erst im Jahr 1995 in Bruchsal kennengelernt und intensive, familiäre Beziehungen zueinander aufgebaut haben." Sie schaute auf die Pinnwand und malte einen Kreis um die drei Personen. „Die halten zusammen, schätze ich. Da dringt nichts nach außen, was geheim bleiben soll. Niemand kennt diesen Florian und niemand weiß etwas von einem Verhältnis. Warum, frage ich mich? Also, entweder wird das Verhältnis totgeschwiegen oder vertuscht oder dieser Florian ist nur irgendein Hirngespinst und nicht wirklich real. Jemand will uns glauben machen, dass es so war. Wenn das tatsächlich so wäre, wie kommen dann der Brief und das Foto in Tildas Büro. Und vor allem: Warum?"

Kommissar Flausch räusperte sich. Er konnte nichts zu ihren Überlegungen beisteuern. Er bat noch einmal das Foto ansehen zu dürfen. Vielleicht würde das Foto irgendeinen Hinweis darauf geben, wo es aufgenommen wurde. So könnten sie vielleicht den Ort und eine mögliche Spur zu diesem Florian finden. Hautkommissarin Meyerbach reichte es ihm. Im Vordergrund war Florian zu sehen. Er stand in einer Kneipe vor einen Tresen und prostete gutgelaunt jemandem zu. Dem Fotografen des Bildes, so schätzte Kommissar Flausch. „Der Tresen sieht aus wie in dutzenden anderen Kneipen auch. Das gesamte Interieur ist aus den Achtzigern oder noch älter", schätzte er. Er sah auf den ersten Blick keine Besonderheit, die sie weiterbringen würde. Enttäuscht legte er das Foto wieder vor sich auf den Tisch.

Dann, nach einer Pause, nahm er sein Notizbuch in die Hand. Er hatte in der Zwischenzeit nicht tatenlos dagesessen, sondern auch etwas herausgefunden.

Hauptkommisssarin Meyerbach setzte sich ihm aufmerksam gegenüber.

„In Heikos Kalender gibt es viele Termineinträge, die mit der Organisation der Hochzeit zu tun haben. Dann traf er regelmäßig seine engeren Freunde, mal außer Haus, teilweise auch mit Tilda zusammen zum Essen zu Hause. Aber zwei Tage nach der Hochzeit steht ein Termin im Kalender, der mich aufhorchen ließ: 13 Uhr Notar, Karlsruhe."

„Ja, du hast Recht, das könnte interessant sein."

„Was wollte er bei einem Notar? Vielleicht hat es etwas mit dem laufenden Hausbau zu tun, was gut möglich ist. Vielleicht gibt es aber auch einen anderen Grund, den wir nicht kennen."

„Steht der Name der Kanzlei dabei?"

„Nein. Aber man könnte Heikos Eltern anrufen. Sie kennen vielleicht den Namen seines Notars. Womöglich wissen sie von dem Termin oder gar, worum es gehen sollte?"

„Sehr gut." Kommissar Flausch sollte ihr das Telefon reichen und ihr die Nummer von Liesbeth und Hugo Fraunscheuer sagen. Wenige Sekunden später nahm Liesbeth das Gespräch an. Nach einer kurzen Begrüßung fragte Hauptkommissarin Meyerbach direkt: „Können

Sie uns den Namen der Kanzlei geben, in der Ihr Sohn Heiko seine notariellen Anliegen bearbeiten ließ?"

Liesbeth verstand nicht ganz. Sie stockte. Nach einer wiederholten Anfrage seitens der Hauptkommissarin verriet sie den Namen: „Die Kanzlei heißt 'Schröder und Mann'. Sie befindet sich in Karlsruhe. Aber ich weiß nicht, warum Sie das wissen wollen?"

„Nun, Ihr Sohn hatte dort einen Termin vereinbart, der zwei Tage nach der Hochzeit angesetzt war. Wissen Sie, worum es bei diesem Termin gehen sollte?"

„Einen Termin?", wiederholte sie unsicher. Dann verneinte sie. Für gewöhnlich informierte er seine Eltern nicht, wenn es um offizielle Angelegenheiten ginge. Er war sehr selbstständig in allem, was er tat.

„Gut, wir werden uns mit der Kanzlei in Verbindung setzen. Haben Sie Dank." Hauptkommissarin Meyerbach beendete das Gespräch. „Morgen früh werden wir dort anrufen. Gut gemacht, Ingo!", lobte sie ihren Kollegen, während sie ihn anlächelte.

Stolz berichtete er weiter: „Außerdem habe ich den Nachmittag genutzt, um die Gästeliste nochmals zu durchforsten. Es gibt keinerlei Hinweise auf politisch aktive und fanatische Personen. Niemand käme als Attentäter in Frage. Einige Studentinnen und

Freundinnen von Tilda arbeiten bei den Grünen in der Partei aktiv mit."

„Und keine von ihnen wird eine hohe und wichtige politische Position innehaben, sodass sie als Zielopfer des Anschlags in Frage käme?"

„So ist es. Vergleichbar verhält es sich mit den religiösen Anschauungen. Hier gibt es praktisch nichts zu berichten. Heiner ist konfessionslos, was im Osten üblich war. Tilda und Heiko waren evangelisch. Es gibt keinerlei Verbindungen zu fanatischen Glaubensgemeinschaften."

„Dann schließen wir diesen Ansatz aus. Vorerst.", bestimmte Hauptkommissarin Meyerbach. „Und verfolgen die anderen Spuren."

Kommissar Flausch nickte.

Das Gespräch verstummte. Hauptkommissarin Meyerbach blickte auf die Pinnwand und Kommissar Flausch sah sich nochmals Florians Foto an. Da fiel ihm doch eine Kleinigkeit auf. Hinter dem Tresen auf der rechten Seite war im Hintergrund ein winziger Ausschnitt eines Schriftzugs zu erkennen. Er bat Hauptkommissarin Meyerbach um eine Lupe. Sie öffnete ihre Schreibtischschublade. Kurz darauf reichte sie ihm ein Vergrößerungsglas.

Angestrengt las er den sichtbaren Teil des Schriftzugs: „Lore's S …"

Mehr war nicht zu lesen. Hauptkommissarin Meyerbach schaute sich ebenso den Schriftzug an. Dann lobte sie ihren Kollegen erneut. Vielleicht wäre es möglich, anhand des Schriftzugfragments eine Kneipe ausfindig zu machen, die mit Lore's S … begann. Kommissar Flausch wollte sich gleich morgen früh darum kümmern.

Positiv gestimmt stand die Hauptkommissarin auf und nahm ihre Tasche. Für heute wolle sie es dabei belassen. Sie waren einen Schritt weitergekommen, sagte sie, denn sie hätten nun mit der Kanzlei und dem Foto zwei Ansatzpunkte, die sie morgen verfolgen konnten.

Stolz stand auch Kommissar Flausch auf. Er verabschiedete sich bei ihr mit den Worten: „Bis morgen dann. Euch einen schönen Abend."

„Wieso euch?", fragte sie erstaunt.

„Naja, ich dachte, du und dein Mann, ihr … "

„Falsch gedacht. Es gibt keinen Mann. Zumindest nicht mehr. Und das ist gut so." Sie öffnete die Tür und beide liefen den langen Gang entlang.

„Das tut mir leid", sagte er mit errötendem Gesicht.

„Das braucht es dir nicht. Ich bin darüber hinweg. Also, bis morgen!" Sie schritt durch die schwere Tür nach draußen.

Er schaute ihr nach. Unmerklich umspielte ein Lächeln seinen Mund. Dann lief er gutgelaunt in sein Büro, um seine Tasche zu holen.

Kommissar Flausch startete den Computer. Er war schon zeitig ins Revier gekommen, da er nicht gut geschlafen hatte und früh aufgewacht war. Nachdem alles hochgefahren war, gab er „Lore's S" in die Suchmaschine ein. Diese spuckte hunderte Einträge aus, die teilweise passend schienen, teilweise mit ihren Suchkriterien nicht viel Übereinstimmung hatten.

Der Name Lore kam in fast allen Einträgen vor. Von Waschsalons, über Bekleidungsmarken bis hin zu Schnellrestaurants gab es scheinbar alles, das auch den Namen Lore trug. Er gab anschließend noch das Wort 'Kneipe' zu den Suchkriterien dazu. Das Ergebnis war leider nicht wesentlich eindeutiger. Es gab keinen einzigen passenden Eintrag zusammen mit dem Namen Lore. Für was steht der Buchstabe S, fragte er sich? Er suchte ein anderes Wort für Kneipe. Ein Synonym fiel ihm nicht ein. Eine Kneipe ist ein Innenraum, dachte er. Ein Zimmer … er suchte nach einem anderen Wort für

Zimmer. Dann probierte er es mit dem Wort 'Stube'. Er gab „Lore's Stube" ins Internet ein. Da wurde er fündig. In Mannheim gab es tatsächlich eine Kneipe mit diesem Namen. Er klickte auf die Bildersuche. Sogleich öffnete sich eine Seite mit Bildern unterschiedlich eingerichteter Zimmer. Darunter sah er aber auch einige wenige Bilder, die eine Kneipe zeigten. Wenn er sich nicht täuschte, ähnelte eines dem Ausschnitt auf dem Foto mit Florian. Er klickte auf eines der Bilder, um so die Adresse der Kneipe herauszufinden. Wenige Augenblicke später hatte er die Adresse notiert. Zufrieden lehnte er sich zurück und nahm einen Schluck Kaffee.

In Vorfreude darauf, seine Kollegin mit der Information überraschen zu können, wartete er noch eine knappe halbe Stunde, bis er aufstand und sich auf den Weg zu ihrem Büro machte. Vielleicht war sie in der Zwischenzeit schon ins Revier gekommen. Er klopfte an. Dann hörte er Schritte und sogleich öffnete sich die Tür. „Guten Morgen", begrüßte sie ihn gut gelaunt. „Gut geschlafen?"

Er verneinte und erklärte, schon sehr früh im Büro gewesen zu sein.

„Ich konnte auch nicht gut schlafen und war früh wach."

„Ich habe übrigens die Zeit genutzt …", begann Kommissar Flausch, um sie mit der Neuigkeit zu beeindrucken, „... und habe …"

„Ich habe herausgefunden, wo die Kneipe ist", sprach sie über ihn hinweg. „Lore's Stube heißt sie und befindet sich in den Mannheimer Quadraten."

Kommissar Flauschs Gesichtszüge entgleisten.

„Ist was?", fragte sie lächelnd.

Er schüttelte sichtlich enttäuscht den Kopf.

„Wir werden heute Abend nach Mannheim fahren und uns auf die Suche nach diesem Florian begeben. Ich hoffe, du hast nichts vor?"

Stotternd antwortete er: „Nein … nein. Sicher, ich komme mit."

„Gut." Sie setzte sich an ihren Tisch und deutete auf den Platz ihr gegenüber. Auch Kommissar Flausch setzte sich. „Und jetzt rufen wir bei der Kanzlei an." Sie wählte die Nummer der Kanzlei, die sie sich im Vorfeld aus dem Internet herausgesucht hatte.

„Ja hallo. Hier spricht Hauptkommissarin Meyerbach von der Kriminalpolizei Karlsruhe. Mit wem spreche ich bitte? … Sehr gut. Ich grüße Sie … Wir ermitteln gerade in einem mutmaßlichen Mordfall. Es geht um Ihren

Mandanten, Herrn Heiko Fraunscheuer. Er wurde während seiner Hochzeit vergangenen Samstag ermordet. Nun wissen wir, dass er mit Ihnen am vergangenen Montag einen Termin hatte. Das war zwei Tage nach seinem Tod." Nach einer kurzen Pause sprach sie weiter: „Könnten Sie uns mitteilen, worum es inhaltlich bei diesem besagten Termin gehen sollte?" Hauptkommissarin Meyerbach nahm einen Stift in die Hand. „Ach wirklich? … Nein das wussten wir nicht … Ich danke Ihnen für diese Information. Wir werden uns mit Ihnen in Verbindung setzten, vielen Dank für den Tipp. Auf Wiederhören." Nachdem sie aufgelegt hatte, schnalzte sie mit der Zunge. „Sieh einer an", begann sie. „Das haben sie uns also verschwiegen."

„Wer hat was verschwiegen?", fragte Kommissar Flausch etwas verwirrt.

„Heikos Eltern. Sie waren zu dem Termin eingeladen. Was thematisch bei dem Treffen besprochen werden sollte, durfte er mir am Telefon nicht sagen. Ich wette, die Eltern wissen, um was es geht. Lass uns gleich zu ihnen fahren. Ich will wissen, warum uns die Eltern belogen haben." Energisch stand sie auf und beide verließen das Büro.

7

Im Haus war es still. Die Gespräche waren verstummt. Es war, als ob alles Leben aus den Räumen gewichen war. Die glücklichen Tage, an denen hier im Haus die Familie zusammengelebt hatte, waren vorüber. Liesbeth saß in der Küche und starrte vor sich hin. Hugo lag im Wohnzimmer auf dem Sofa. Er hatte sich gleich nach dem Frühstück wieder hingelegt, so müde war er. Die Zeit verrann. Liesbeth stand irgendwann auf, nahm mechanisch ein Küchentuch und wischte über die ohnehin saubere Arbeitsfläche. Dann blieb sie in der Ecke stehen und starrte auf den Boden. Sie seufzte, legte das Tuch beiseite und ging ins Wohnzimmer. Dort blickte sie lange ihren Mann an, bevor sie ihn schließlich ansprach: „Hugo, bitte wach auf!"

Er stöhnte kurz, bevor er die Augen öffnete: „Lieschen, du hast mich geweckt! Was ist denn?"

„Ich mache mir Sorgen", jammerte sie. „Wir tun doch nichts Böses, oder? Aber irgendwie fühle ich mich schuldig."

Er richtete sich auf: „Wovon sprichst du?"

„Von dem Telefonat gestern mit der Kommissarin."

„Du meinst wegen des Notartermins?" Sie nickte. „Wir bleiben dabei, wir wussten von nichts und fertig. Das geht sie gar nichts an."

Liesbeth machte ein sorgenvolles Gesicht. Er beachtete sie nicht weiter und legte sich wieder hin. Sie drehte sich weg von ihm und war gerade im Begriff, wieder in ihre Küche zu gehen, da klingelte das Telefon. Liesbeth eilte in den Flur und nahm ab. „Ja, bitte? … Lothar! … Wie geht es dir? … Hugo, komm schnell, Lothar will mit dir reden. Mein Junge, bist du wohl auf? Wo bist du denn jetzt?"

Hugo war in den Flur gekommen und nahm Liesbeth den Hörer aus der Hand: „Ja, Lothar? … Was willst du? ... Sprich doch langsamer ... Nein, das geht nicht! … Nein, wir können dir nichts mehr geben! … Warum bist du nicht zur Hochzeit gekommen? Lothar? Lothar!" Hugo legte das Telefon zurück auf das Tischchen. „Er hat aufgelegt. Er braucht noch mehr Geld. Aber von mir bekommt er keins mehr. Das sehe ich nie wieder!"

„Hugo, vielleicht sollten wir doch …?", flehte sie ihn an, während sie ihm ins Wohnzimmer nachlief. Doch er wollte davon nichts wissen. Mit einer abwehrenden Armbewegung und einem grunzenden Geräusch beendete er das Gespräch. Liesbeth schaute ihn entsetzt an. Sie mussten doch ihrem Sohn helfen!

Es klingelte. Erschrocken drehte sie sich um. Sie schaute durchs Fenster und hauchte: „Die Polizei!" Dann öffnete Hugo die Haustür. Hauptkommissarin Meyerbach und Kommissar Flausch begrüßten das Ehepaar. „Dürfen wir einen Moment hereinkommen?", fragte Hauptkommissarin Meyerbach.

„Bitte." Hugo lief allen voran ins Wohnzimmer. „Was können wir für Sie tun?"

„Es geht um einen kürzlichen Notartermin Ihres Sohnes Heiko. Ich sprach gestern mit Ihrer Frau am Telefon. Angeblich wussten Sie nichts von diesem Termin, sagte sie mir. Nun, wir haben in der Zwischenzeit mit der Kanzlei gesprochen. Sie beide waren am vergangenen Montag um 13 Uhr in die Kanzlei mit eingeladen."

Liesbeth hörte auf zu atmen und sah ihren Ehemann mit aufgerissenen Augen an. Dieser antwortete souverän: „Ja, ich wusste von dem Termin. Heiko hatte mich letzte Woche telefonisch dazu eingeladen. Meine Frau hingegen wusste tatsächlich nichts davon. Ich hatte es ihr nicht gesagt. Da Heiko gestorben ist", er räusperte sich, „sah ich keinen Grund mehr, ihr davon zu berichten."

„Ist es so, Frau Fraunscheuer?"

„Ich weiß nichts von einem Termin. So ist es", stimmte Liesbeth zu.

„Und worum sollte es gehen?", hakte Hauptkommissarin Meyerbach bei Hugo nach.

„Darüber ließ mich mein Sohn im Unklaren", erklärte dieser. „Er sagte, er würde mich überraschen, mir eine Freude bereiten. Ich scherzte mit ihm, womit könne er mir schon eine Freude bereiten? Du wirst sehen, sagte er zu mir."

Hauptkommissarin Meyerbach schaute ihn ungläubig an. Dann fragte sie: „Wo finden wir Ihren anderen Sohn Lothar?"

Hugo antwortete nach einer kleinen Pause: „Lothar? Nun, ich denke, er ist momentan verreist. Er arbeitet viel. Bei uns meldet er sich nur ganz unregelmäßig, nicht wahr, Lieschen?"

Liesbeth nickte: „Sehr selten hören wir von ihm."

„Wie sagten Sie, heißt seine Werbeagentur?"

„Liesbeth, wie heißt sie noch gleich?" Er suchte nach den richtigen Worten.

„Fraunscheuer Me…", sagte sie, während sie sich konzentrierte.

„Genau: Fraunscheuer Mediencompany", gab Hugo schließlich an. „So ist der Name des Unternehmens."

„Wir danken Ihnen." Nachdem die Hauptkommissarin den Namen der Firma notiert hatte, verließen beide das Anwesen. Liesbeth schaute ihnen durch das offene Fenster nach.

Auf der Straße flüsterte Hauptkommissarin Meyerbach: „Die lügen wie gedruckt. Ich glaube ihnen kein Wort!"

„Wieso sollten sie uns anlügen?"

„Wenn ich das nur wüsste." Beide stiegen in den Dienstwagen.

„Und jetzt?", fragte Kommissar Flausch. „Für die Fahrt zu Lore's Stube ist es noch zu früh."

„Fahren wir erst einmal zurück ins Revier", bestimmte Hauptkommissarin Meyerbach.

Es dauerte eine knappe halbe Stunde, bis sie gemeinsam in ihrem Büro vor der Pinnwand standen. Hauptkommissarin Meyerbach deutete auf die Familie Fraunscheuer. Ihrer Meinung nach verhielten sie sich unglaubwürdig. Warum logen sie? Irgendeine Information hielten sie zurück. Die Kommissarin zeichnete ein rotes Ausrufezeichen auf die Karten der beiden Eltern.

Bis jetzt hatten weder sie noch er eine vage Vorstellung davon, was am Hochzeitstag tatsächlich vorgefallen war. Und vor allem, welches Motiv der Täter für den

Anschlag gehabt hatte, war ihnen vollkommen unbekannt. Diese Unwissenheit dämpfte die Stimmung. Missgelaunt brühten sie sich einen Kaffee auf.

„Lass uns bei dieser Fraunscheuer Mediencompany vorbeifahren", überlegte sie schließlich. „Vielleicht bringt uns das etwas weiter."

Kommissar Flausch nickte. Er suchte im Internet die Adresse heraus. Dann machten sie sich auf den Weg. Die Firma befand sich in Karlsruhe im Stadtteil Knielingen unweit vom Rheinhafen entfernt. Kommissar Flausch parkte den Wagen. Irritiert schauten sie aus den Fenstern. Ungläubig stiegen sie aus. Hier solle eine Werbeagentur sein, fragten sie sich. Bei der angegebenen Adresse handelte es sich um ein heruntergekommenes, freistehendes Haus. Die Rollläden waren heruntergelassen. Der Garten war ungepflegt. Sie stiegen die staubigen Treppen hinauf zur Eingangstür. Dort gab es drei Klingeln, jedoch ohne Namensschilder. Hauptkommissarin Meyerbach überprüfte die Briefkästen. Auf einem klebte ein kleines Schild mit dem Logo der gesuchten Firma. Einzig dieses Schild besagte, dass sie hier richtig waren.

Kommissar Flausch betätigte die unterste Klingel. Es rührte sich nichts. Dann versuchte er es bei der mittleren. Kurz darauf wurde ein Rollladen im ersten Stock etwas hochgezogen und das Fenster einen Spalt breit geöffnet.

Dahinter befand sich ein Mann im Unterhemd mit zerzausten Haaren. Sie konnten ihn nur schlecht erkennen, da er sich hinter einer Gardine versteckte.

„Wir suchen die Firma Fraunscheuer Mediencompany!", rief Hauptkommissarin Meyerbach hinauf.

Der Mann nickte und gestikulierte mit seiner Hand. Es sollte offenbar bedeuten, dass sie hier richtig waren.

„Dürfen wir einen Moment hineinkommen?", fragte sie.

Der Mann schüttelte energisch den Kopf, dann verschloss er das Fenster und der Rollladen wurde wieder herabgelassen.

Kommissar Flausch klingelte nochmals, jedoch vergebens. Der Mann kam nicht wieder zum Vorschein.

Nachdem jener auch die dritte Klingel betätigt und sich nichts weiter ereignet hatte, überlegten sie einen Moment.

„Hier befindet sich doch nie und nimmer eine gut laufende Firma?", stellte Hauptkommissarin Meyerbach fest.

Kommissar Flausch überlegte: „Es könnte sich um eine Briefkastenfirma handeln."

„Ja, vielleicht. Vielleicht ist es auch nur einfach gelogen und der Sohn führt überhaupt keine eigene Firma. Das wird ja immer schöner. Vielleicht sollten wir uns einen Durchsuchungsbefehl aushändigen lassen und der Sache hier auf den Grund gehen. Ja, das werden wir machen."

Sie liefen wieder zurück zum Auto. „Aber bevor wir das machen, müssen wir nochmals mit den Eltern sprechen. Etwas stimmt offensichtlich mit diesem Lothar nicht. Und die Eltern wissen hundertprozentig darüber Bescheid!"

Während sie sich ein weiteres Mal nach Bruchsal zu den Fraunscheuers auf den Weg machten, klingelte Hauptkommissarin Meyerbachs Handy. Sie nahm sofort ab: „Ja? … Ach, hallo Dieter … Ja, wir sind gerade auf dem Weg … was du nicht sagst! … Ja natürlich, wir kommen sofort … schick mir bitte die Adresse, dann sind wir in zwanzig Minuten dort ... Ich danke dir, bis gleich."

Sie blickte Kommissar Flausch an. Dann sagte sie: „Kursänderung! Es gibt Neuigkeiten. Sie haben in Bruchsal einen ermordeten Obdachlosen gefunden. Wir werden zuerst dorthin und erst danach zu den Fraunscheuers fahren." Dann klingelte ihr Handy erneut. Sie hatte eine SMS mit der Adresse des Fundorts erhalten, die Kommissar Flausch sogleich ins Navi eintippte. Die Fahrt endete am Bruchsaler

Schlossgarten. Nachdem beide ausgestiegen waren, liefen sie in den Rosengarten hinein. Das war ein geschützter, runder Platz, in dessen Mitte sich ein großer Brunnen befand. Außen herum führte ein mit Rosen überwachsener Rundgang. Darin standen im Abstand von etwa acht Metern Parkbänke, die einluden, sich im Schatten auf ihnen auszuruhen. Kommissar Flausch erblickte dutzende Polizeibeamte und Sanitäter um eine Parkbank herumstehen. Eine Gruppe Menschen hatte sich gebildet, die dem Treiben der Polizei neugierig zusah.

Nachdem die beiden dort angekommen waren, erblickten sie den Toten. Erstaunt sahen sie sich an.

8

Der Tote trug tatsächlich einen cremefarbenen Anzug mit braunen Streifen, so wie ihn Wilma beschrieben hatte. Er mochte Ende dreißig gewesen sein, hatte fettige, lange Haare, die zurückgekämmt waren. Seine Hände sahen geschunden aus. Neben ihm auf der Bank lagen Plastiktüten, in denen sein Hab und Gut verstaut war. Er saß da, nach hinten über die Lehne überstreckt mit offenem Mund.

Hauptkommissarin Meyerbach erkundigte sich bei Dieter, ihrem vertrauten Kollegen der Bruchsaler Polizei, nach dem Todeszeitpunkt.

„Zwischen vier und fünf Uhr morgens", erklärte dieser. „Er wurde rücklings mit einem spitzen Gegenstand erstochen. Die Tatwaffe haben wir noch nicht sichergestellt."

„Wann wurde er gefunden?"

„Erstaunlicher Weise erst heute Morgen gegen 7:30 Uhr. Eine ältere Dame hat die Polizei gerufen. Zuerst dachte sie, er schläft, aber als sie ihn angesprochen hatte, merkte sie, dass er sich nicht regte."

„Hatte er Papiere dabei? Wisst ihr, wie er heißt?"

„Nein, weder noch. Und er hat etwas mit eurem aktuellen Fall zu tun?", fragte Dieter interessiert.

Hauptkommissarin Meyerbach skizzierte ihm in kurzen Sätzen ihren Fall und endete damit, auf den vor ihnen sitzenden Toten zu verweisen. Er müsse der Überbringer gewesen sein. Jetzt hieße es herauszufinden, wer ihm den Auftrag gegeben hatte. Dieter verstand. „Wenn ich euch einen Tipp geben darf: Rund um den Bahnhof hier in Bruchsal treffen sich nachts viele Obdachlose. Meist ist auch ein gewisser 'Kalle' dabei, ein Urgestein Bruchsals. Ihr müsst euch zu ihm durchfragen. Er hat uns schon einige Male wichtige Informationen verschafft. Er kennt jeden hier in der Stadt. Bestimmt hat er etwas von dem Blumendeal mitbekommen."

Hauptkommissarin Meyerbach bedankte sich für den Tipp. Sie würden sich gleich heute Abend auf die Suche nach diesem Kalle begeben. Nach einer herzlichen Verabschiedung verließen sie den Tatort.

Als sie wieder in ihrem Auto saßen, fragte Kommissar Flausch, was sie nun als nächstes tun sollten. Hauptkommissarin Meyerbach verwies auf die vielen offenen Fragen bezüglich Lothar Fraunscheuer. Sie wolle nochmals mit den Eltern sprechen.

Frau Fraunscheuer öffnete die Tür. Sie hatte müde Augen.

„Entschuldigen Sie bitte, aber wir haben noch ein paar Fragen bezüglich Ihres Sohnes Lothar. Dürfen wir hineinkommen?"

Sie nickte stumm, drehte sich um und ging ihnen voraus. Im Wohnzimmer lag Hugo immer noch auf dem Sofa. Als er die beiden kommen sah, richtete er sich auf. „Wir dachten nicht, Sie so schnell wiederzusehen", bemerkte er.

„Sie haben uns nicht die Wahrheit gesagt", begann Hauptkommissarin Meyerbach forsch. „Wir waren bei der Fraunscheuer Mediencompany in Knielingen."

„Oh", stieß Liesbeth aus.

„Und wir waren sehr überrascht. Wir erwarteten laut Ihrer Aussagen eine gut laufende Werbeagentur, stattdessen fanden wir ein heruntergekommenes Haus. Können Sie uns erklären, was das zu bedeuten hat?"

Hugo blickte Liesbeth an. „Wir waren selbst noch nie dort. Wir waren der Meinung, dass die Agentur sehr gut liefe."

„Das glaube ich Ihnen nicht!"

Er starrte die Hauptkommissarin an.

„Ich denke, Sie wissen sehr wohl", fuhr sie fort, „dass sich dort nichts dergleichen abspielt. Aber warum verheimlichen Sie es uns? Was ist der Grund?"

Er senkte den Blick. Liesbeth setzte sich zu ihm auf das Sofa. Sie nahm seine Hand. „Liebling, bitte, wir müssen ihnen die Wahrheit sagen", flüsterte sie.

„Du hast recht, Liesbeth. Nun, es gibt keine Firma." Er starrte in Gedanken versunken an Hauptkommissarin Meyerbach vorbei, während er weitersprach. „Das heißt, anfangs war es so gedacht und Lothar hatte die Agentur auch auf dem Papier gegründet. Jedoch, wie soll ich das sagen, geriet er auf die schiefe Bahn. Er hatte Berater oder Freunde, wie er behauptete, die ihm nicht guttaten. Er kam mit Drogen in Berührung, was damit endete, dass er heroinabhängig wurde. Endstation Drogenabhängigkeit! Endstation! Das bedeutet nämlich, dass nichts mehr ist, wie es vorher war! Er wurde kriminell, was abzusehen war, weil er immer mehr Geld für die Drogen benötigte. Immer kam er zu uns und wollte Geld! Wir wussten nicht wofür. 'Sag uns wofür?' Das fragten wir ihn andauernd. Schließlich sahen wir die Einstichstellen in der Ellenbeuge, da wussten wir, was die Stunde geschlagen hatte. Er wurde stationär eingewiesen. Ein halbes Jahr war er auf Kur zum Entzug. Er kam heraus und es dauerte keine zwei Monate, bis er wieder abhängig wurde. Wir haben nicht nur Heiko verloren. Unseren Sohn Lothar ebenso."

Hauptkommissarin Meyerbach verstand. Deswegen die Lügen. Sie wollten ihren Sohn beschützen, das war verständlich. Sanft fragte sie: „Was sollte bei dem Notartermin besprochen werden? Hatte es etwas mit Lothar und seiner Abhängigkeit zu tun?"

„Das kann ich Ihnen nicht sagen", antwortete er mit brüchiger Stimme.

„Bitte, weichen Sie nicht aus. Wir müssen wissen, worum es ging."

Hugo strich sich eine Träne aus dem Gesicht. „Es sollte um das Erbe gehen. Heiko wollte, dass wir unser Testament zu seinen Gunsten ändern. Wir sollten ihm allein unsere Ersparnisse und unser Haus überschreiben. Er hatte Angst, wenn wir dies nicht tun und sterben würden, dass das ganze Familienvermögen und das Haus der Drogensucht zum Opfer fallen würden.

„So ist es also. Wo finden wir Ihren Sohn Lothar?"

„Das wissen wir nicht. Er meldet sich unregelmäßig bei uns. Manchmal hören wir drei Monate nichts von ihm. Wir leben in ständiger Angst, dass irgendwann einmal die Polizei vor unserer Tür steht und uns erklärt, dass Lothar an einer Überdosis gestorben ist."

Wilma kam vom Einkaufen zurück nach Hause. Sie legte die Einkaufstaschen in der Küche ab und rief nach Rosemarie, um sie zu fragen, ob sie einen Kaffee mit ihr trinken wolle. „Rosi, bist du da?", fragte sie. Keine Antwort. Sie öffnete Rosemaries Zimmertür, doch sie war nicht da. Vielleicht war sie mit einer Freundin unterwegs, sagte sich Wilma und bereitete für sich alleine einen Kaffee zu. Wie schön war es, Rosemarie wieder bei sich zu haben, dachte sie. Es erinnerte sie an die unbeschwerte frühere Zeit, als sie, Rosemarie und ihr Mann noch zusammengelebt hatten. Diese Erinnerung zauberte ein Lächeln auf ihr Gesicht. Damals, bevor sie sich auseinandergelebt hatten und er sie verlassen hatte, war sie glücklich gewesen und Rosemarie hatte noch nicht so viele Probleme. Weder in der Schule noch mit ihren Freundinnen.

Sie nahm den Kaffee und setzte sich an den Esszimmertisch. Dann wählte sie auf ihrem Handy Montys Nummer. „Monty, bist du zu Hause? … Nicht? … Ach, wie schön! Dann komm doch auf einen Kaffee bei mir vorbei, wenn du magst? … Ich würde mich sehr freuen … Ja, dann bis gleich!"

Monty war gerade in der Stadt einkaufen und würde in ein paar Minuten bei ihr sein. Sie stellte freudig eine zweite Tasse auf den Tisch und richtete auf einem Teller etwas Gebäck, das sie vom Einkaufen mitgebracht hatte. Schon klingelte es. Sie öffnete und nachdem er hineingekommen war, nahmen sie sich innig in den Arm.

„Wie schön, dich zu sehen!", sagte er.

„Ich freue mich auch. Komm, setz dich!"

„Wo ist Rosemarie?", fragte Monty.

„Ich kann es dir nicht sagen. Wahrscheinlich mit einer Freundin unterwegs. Ich bin so froh, dass sie bei mir ist. Nach dem ganzen Schrecken, der passiert ist, will ich nicht alleine sein. Weißt du, ich als enges Familienmitglied soll Tildas Beerdigung organisieren. Ich weiß gar nicht, wie das geht und an was man alles denken muss! Mir wird ganz übel, wenn ich nur daran denke! Die Organisation der Beerdigung meiner Eltern damals hatten deren Geschwister übernommen. Ach, ich muss unbedingt mit Liesbeth und Hugo sprechen. Es wäre richtig, wenn Heiko und Tilda zusammen beerdigt würden."

Monty meinte, dass es dafür Bestattungsunternehmen gebe, die sich um alles kümmern würden. „Sei unbesorgt, auch ich werde dir helfen. Du bist nicht alleine. Was glaubst du, wann wird der Leichnam für die Beerdigung freigegeben?"

Wilma wusste es nicht genau. Sie müsse sich bei der Polizei informieren. Bestimmt würden sie es ihr mitteilen, wenn es so weit wäre.

„Apropos Polizei, die Kommissarin war bei mir und hat allerlei Fragen gestellt", sagte Monty.

„Ja, bei mir war sie auch. Sie wollte etwas über einen roten Übertopf wissen, den dieser fremde Mann gebracht hat. So ein verwahrloster Typ war das. Sehr schick, aber bei genauerem Hinschauen … sehr ungepflegt!", sie machte eine bedeutsame Pause. „Ich würde mich nicht wundern, wenn er der Attentäter wäre. Ich hoffe, ich konnte ihr weiterhelfen."

„Bestimmt konntest du das." Er schüttelte den Kopf und dachte nach. „Ich kann mir keinen Reim darauf machen: Sie fragte, ob Tilda ein Verhältnis hatte."

Sie berührte ihn an die Schulter. „Mich fragte sie das auch. Ich habe es natürlich verneint. Tilda war Heiko ganz und gar ergeben. Wobei ich mir immer gedacht habe, sie hätte mehr Erfahrung sammeln sollen, bevor sie sich fest bindet."

„Ich bin mir ehrlich gesagt nicht so sicher", überlegte er, „ob es vielleicht nicht doch stimmt. Sie hatte mir gegenüber, das mag vor drei Wochen gewesen sein, eine Bemerkung gemacht, die mich sehr erstaunt hatte. Ich habe es der Polizei aber natürlich nicht weitererzählt!"

„Gut so. Vielleicht war Tilda doch nicht so ein unbeschriebenes Blatt, wie wir alle dachten?", Wilma machte ein interessiertes Gesicht. „Was hat sie denn gesagt?"

„Wir saßen zusammen und unterhielten uns darüber, was für Ziele es im Leben gab: möglichst reich zu sein und durch viel Arbeit viel Geld zu verdienen oder frei zu sein, Zeit zu haben und seine Familie und Freundschaften zu pflegen? Weißt du, Wilma, es war eines dieser Gespräche, in denen man sich öffnet und ganz nah ist. Dann sagte sie plötzlich: 'Du kennst mich nicht wirklich! Ach Monty, wenn du wüsstest…' und dann noch, dass sie sich Heiko gegenüber schuldig fühle ... Ich wusste nicht, was sie damit meinte oder in welchem Zusammenhang sie das sagte, aber jetzt? Es könnte doch durchaus sein … du verstehst?"

Wilma nickte nachdenklich. „Hast du denn nachgefragt, was sie damit meinte?"

Er machte eine abwehrende Geste. „Nein, natürlich nicht. Ich wartete, ob sie von sich aus weitererzählen wollte, aber sie verstummte. Das war dann alles. Und dann wechselten wir das Thema und sprachen über etwas anderes."

„Ich verstehe!" Sie nickte. Beide nahmen einen großen Schluck Kaffee.

Wilmas Handy klingelte. Es war das Krankenhaus. Heiner sei aufgewacht und es wäre gut, wenn er ein vertrautes Gesicht sehen würde. Wilma versicherte, dass sie sich sofort auf den Weg machen würde. Der behandelnde Arzt gab ihr zu verstehen, wie wichtig es wäre, sanft und positiv auf ihn einzuwirken. Aufregungen jeglicher Art sollten vermieden werden. Nachdem sie gefragt hatte, ob Monty sie begleiten dürfe, beendete sie das Gespräch.

Sofort verließen sie die Wohnung und fuhren mit Wilmas Auto zum Fürst-Stirum-Klinikum. Dort angekommen erkundigten sie sich, auf welcher Station Heiner Giesellau lag. Dann liefen sie in den ersten Stock hinauf. Ein Polizeibeamte wartete vor dem Zimmer. Wilma und Monty mussten sich zuerst ausweisen, dann durften sie zu ihm.

Vorsichtig öffneten sie die Tür. Heiner lag mit geschlossenen Augen in seinem Bett. Er war blass. In seinem Gesicht sah man die noch nicht verheilten Wunden. Über Schläuche wurde er mit Medikamenten und Infusionen versorgt. „Oh mein Gott!", flüsterte Wilma. Sie traten an sein Bett heran. Wilma strich ihm über die Hand und sprach: „Heiner, lieber Heiner, wir sind da."

Heiner öffnete die Augen. Er sah Wilma mit großen Augen an. Dann wanderte sein Blick zu Monty, anschließend wieder zurück zu Wilma. Er öffnete den Mund und ließ ein Stöhnen vernehmen. Offenbar versuchte er etwas zu sagen. Er war jedoch nicht in der Lage, sich deutlich zu artikulieren. Was er ihnen mitteilen wollte und ob er bei klarem Verstand war, das vermochten sie nicht zu sagen.

Die Tränen schossen Wilma in die Augen. Der einst klar und analytisch denkende Heiner, der Macher, lag da, hilflos wie ein Säugling und konnte sich nicht mehr regen, sich nicht mitteilen.

„Alles wird gut", flüsterte Monty. „Du bist wieder bei Bewusstsein, das ist das Wichtigste." Er strich über Heiners Gesicht. „Mein Lieber, alles wird gut!"

9

Es war früher Abend. Hautkommissarin Meyerbach und Kommissar Flausch suchten in Mannheim im Quadrat T3 nach Lore's Stube. Nachdem sie fast das gesamte Quadrat abgelaufen hatten, blieben sie vor einem Haus stehen. Ein mit Efeu überwuchertes Schild zeigte an, dass sie hier richtig waren. Vor einer Schaufensterscheibe stand eine alte Parkbank. Das Schaufenster selbst war mit einer ergrauten Gardine abgehängt, sodass ein Blick hinein nicht möglich war. Kommissar Flausch versuchte vergeblich die dunkelgrüne Tür zu öffnen. Es war jedoch zu früh und die Kneipe noch nicht geöffnet. Er klopfte an die Tür und rief: „Hallo? Ist da jemand?" Nichts regte sich.

„Dass sich so eine Kneipe über die Jahre überhaupt halten kann?", wunderte sich Hauptkommissarin Meyerbach.

„Nur durch Stammgäste nehme ich an. Vielleicht ist sie ja ein Geheimtipp, wer weiß?" Sie schaute ihn mit zusammengekniffenen Augen an und machte einen angewiderten Gesichtsausdruck. Ihr gefielen die schicken, modernen Bars viel besser, erklärte sie ihm. Mit dem Charme dieser urigen Kneipen könne sie nicht viel anfangen. Sie müsse dann immer an ihre Kindheit denken. An diese alten Männer in ihrem Dorf, in dem sie aufgewachsen war. Schon am frühen Morgen saßen sie dort und tranken ihr erstes Bier. Sie stanken nach Alkohol und Rauch. Den Geruch habe sie noch in der Nase. Ihr Großvater war einer davon. Er habe sie immer in den Arm genommen und auf die Wange geküsst, was sie stets widerlich fand. Kommissar Flausch bedauerte sie und konnte sich ein Grinsen nicht verkneifen.

Plötzlich wurde die Tür geöffnet und eine ältere korpulente Dame mit einer rauchigen Stimme fragte: „Sie haben geklopft?"

„Ja", antwortete Hauptkommissarin Meyerbach wieder in einem professionellen Ton. „Wir sind von der Karlsruher Kriminalpolizei und hätten eine Frage an Sie."

Sie machte ein erstauntes Gesicht und eine abwehrende Geste. „Polizei? Ich habe nichts zu verbergen. Meine Bücher sind korrekt. Kommen Sie und überzeugen Sie sich."

Kommissar Flausch erklärte, dass sie wegen eines Mordfalls gekommen seien. Die Frau schluckte und bat sie umgehend hinein. Dann verschloss sie die Tür. Hauptkommissarin Meyerbach erkannte den alten Tresen. Sie waren richtig, Florian musste hier gewesen sein, dachte sie. Dann erkundigte sie sich bei der Frau nach ihrem Namen.

„Frau Frängler, kennen Sie diesen Mann?" Hauptkommissarin Meyerbach zog das Bild, auf dem Florian vor dem Tresen abgebildet war, heraus und reichte es ihr. Ohne zu überlegen, sagte diese: „Ja, das ist Flo, ein Stammgast. Er kommt seit einigen Jahren regelmäßig hierher. Nicht immer an den gleichen Wochentagen, aber mindestens zwei Mal pro Woche. Ein feiner Kerl ist das. Ist immer sehr höflich und ein guter Kunde." Dann machte sie ein sorgenvolles Gesicht: „Bitte, sagen Sie nicht, dass er es ist, der ermordet wurde?"

Die Hauptkommissarin verneinte. „Aber er könnte in den Fall involviert sein. Wir müssen unbedingt mit ihm sprechen."

Frau Frängler überlegte: „Ich weiß leider nicht, wo er wohnt oder wie er mit vollständigem Namen heißt. Ich kenne ihn nur unter dem Namen 'Flo' Vielleicht warten Sie hier, ich bringe Ihnen etwas zu trinken. Ein Glas

Wasser oder eine Saftschorle? Oder Sie kommen heute Abend wieder. Mit etwas Glück wird er kommen."

Die Kommissarin sah ihren Kollegen an. Dankend lehnten sie das Getränk ab. Sie würden eventuell heute Abend wiederkommen. Freundlich verabschiedeten sie sich. Frau Frängler blieb nachdenklich am Tresen stehen. Als die beiden fast schon aus der Kneipe hinausgetreten waren, hörten sie, wie Frau Frängler ihnen etwas hinterherrief: „Warten Sie, kommen Sie zurück! Ich habe eine Idee!" Schnell eilten sie zurück zu Frau Frängler. Diese erklärte: „Ich musste ihm schon mehrmals ein Taxi rufen, das ihn nach Hause bringen sollte. Vielleicht weiß ja Philipp, wo er wohnt."

„Philipp?"

„Ja, ich habe eine private Nummer eines Taxifahrers. Immer wenn ein Kunde ein Taxi braucht, rufe ich Philipp an. So bekommt er etwas Arbeit."

Hauptkommissarin Meyerbach bat sie, diesen umgehend hierher zu bestellen. Bereitwillig holte Frau Frängler aus einer Schublade ein abgegriffenes Adressbüchlein hervor, suchte seine Nummer und rief ihn an. Philipp hatte gerade einen Kunden, versprach aber, danach zu kommen.

Hauptkommissarin Meyerbach und Kommissar Flausch setzten sich an einen Tisch. Frau Frängler brachte nun doch etwas zu trinken, bevor sie hinter ihrem Tresen Vorbereitungen für den Abend erledigte.

„Wo befindet sich denn das Dorf, in dem du aufgewachsen bist?", fragte Kommissar Flausch.

Sie schaute ihn nachdenklich an. „In Spielberg bin ich aufgewachsen. Das liegt hinter Ettlingen auf dem Land. Aber ich fahre nur noch hin, wenn ich meine Eltern besuche. Sonst habe ich keinen Kontakt mehr, zu niemandem dort."

„Wie alt sind deine Eltern?"

„79 und 80 Jahre. Sie sind … Nein, hör zu, lass uns bitte nicht über mich und meine Familie sprechen. Das ist kein gutes Thema." Er schaute sie fragend an. Nach einer Pause winkte sie ab: „Schluss! Vielleicht … ein anderes Mal, ja? Wir haben ja schließlich einen Fall, an dem wir dran sind. Und es gibt noch so viele offene Fragen."

„Ja, du hast recht. Tut mir leid."

Das Gespräch verstummte. Schweigend und in Gedanken versunken saßen sie sich gegenüber.

Etwa zwanzig Minuten später trat Philipp in die Kneipe. Frau Frängler und Philipp begrüßten sich vertraut und herzlich. „Na Ulla, wie geht's uns heute?" Er küsste sie auf die Wange.

„Ja, geht schon. Schlechten Leuten geht's immer gut! Hör mal, das hier sind die Leute von der Polizei. Vielleicht kannst du ihnen ja helfen."

„Guten Abend, mal schauen, was ich für Sie tun kann."

Die Hauptkommissarin erklärte ihm, worum es ging, und zeigte ihm das besagte Foto.

Er betrachtet es und ebenso schnell, wie Frau Frängler, gab er an: „Ja, den kenne ich. Das ist Flo, einer meiner Fahrgäste."

„Sie haben ihn schon mehrmals nachts nach Hause gefahren, stimmt das?"

„Das ist richtig."

„Können Sie uns sagen, wo er wohnt?"

„Ich muss nur etwas nachdenken, Moment. Er wohnt in der Neckarstadt-West. Wenn Sie wollen, dann fahre ich Sie dort hin."

Hauptkommissarin Meyerbach lächelte erleichtert. Sie bedankte sich bei ihm. Da sie mit dem Dienstwagen da seien, würden sie hinter ihm herfahren. Er nickte und ging voraus.

„Herzlichen Dank", verabschiedete sich Hauptkommissarin Meyerbach von Frau Frängler. Diese machte eine abwehrende Geste und meinte: „Nichts für ungut. Man hilft ja gerne, wenn man kann."

Kommissar Flausch holte den Dienstwagen, den sie in einer Querstraße geparkt hatten. Nachdem er vorgefahren war, machten sich die drei auf den Weg in die Neckarstadt-West.

Die Fahrt dauerte etwa fünfzehn Minuten durch die Mannheimer Innenstadt. Der Straßenzug im Stadtteil Neckarstadt-West, in dem Florian wohnte, bestand vorwiegend aus großen Altbauten der Jahrhundertwende. Es gab hier keine Bäume und keine Grünflächen. An einer Kreuzung blieb das Taxi vor ihnen stehen. Philipp stieg aus und kam zu ihnen hergelaufen. Kommissar Flausch ließ die Scheibe herunter. Philipp zeigte auf ein bestimmtes Haus: „In dieses Eckhaus ist er gegangen. Dort müsste er wohnen." Hauptkommissarin Meyerbach notierte sich die Adresse: Finkenweg 128. Danach bedankte sie sich bei Philipp. Dieser stieg wieder in sein Taxi ein und fuhr davon. Kommissar Flausch parkte den Wagen. Kurz darauf standen sie vor einer alten, verzierten Eingangstür. Sie schauten auf die Klingelschilder. In diesem Haus wohnten zwölf Parteien. Nirgends standen die Vornamen dabei. Sie entschieden, im Parterre zu klingeln und sich dann nach Florian durchzufragen.

Nach einigen Sekunden meldete sich jemand an der Gegensprechanlage: „Ja?"

Hauptkommissarin Meyerbach stellte sie beide vor und bat, hineinkommen zu dürfen. Daraufhin wurde die Tür geöffnet. Sie traten ein. In der offenen Wohnungstür stand eine zierliche Frau mit bedrücktem Gesicht.

„Wir möchten gerne zu diesem Herrn", präsentierte Hauptkommissarin Meyerbach Florians Foto. „Können Sie uns sagen, wo dieser hier im Haus wohnt?"

Das Gesicht der Frau wurde noch trauriger. Sie zeigte nach oben und sagte mit leiser Stimme: „Im zweiten Stock, linke Tür. Bei Bogerwall klingeln." Sie senkte ihren Blick und verschwand wieder in ihrer Wohnung.

Hauptkommissarin Meyerbach und Kommissar Flausch schauten sich verwundert an. Sie verstanden die Haltung der Frau nicht. Sie stiegen die Treppen hinauf und betätigten bei Bogerwall die Klingel.

Wider Erwarten öffnete eine junge Frau die Tür. Sie hatte tiefschwarze Augenschatten. Mit angestrengter Stimme fragte sie: „Ja, was wollen Sie?"

Hauptkommissarin Meyerbach stellte sich und Kommissar Flausch vor und zeigte ihr das Foto: „Wir würden gerne mit diesem Herrn sprechen."

Die junge Frau fing sofort an zu weinen. „Das können Sie nicht. Er ist tot!" Mit einem Ruck schloss sie die Tür.

Konsterniert sahen sich Hauptkommissarin Meyerbach und Kommissar Flausch an. Was hatte dies zu bedeuten? Sie klingelten nochmals. Die Tür blieb verschlossen. Dann klopften sie und riefen: „Bitte, machen Sie die Tür auf! Wir müssen mit Ihnen sprechen! Es ist sehr wichtig! Wir brauchen Ihre Hilfe!"

Langsam öffnete sich die Tür. „Ich habe doch schon alles der Polizei gesagt, was ich weiß!", sagte die junge Frau mit gebrochener Stimme.

„Bitte, dürfen wir einen Moment hineinkommen?"

Die junge Frau sah sie mit großen traurigen Augen an. Dann gab sie pflichtbewusst die Tür frei, sodass sie eintreten konnten.

Als sie wenige Augenblicke später am Esszimmertisch saßen, sagte Hauptkommissarin Meyerbach sanft: „Unser herzliches Beileid. Darf ich fragen, sind Sie seine … Schwester?"

„Seine Schwester? Nein, wie kommen Sie darauf?" Sie nahm eine aufrechte Haltung ein. „Ich bin seine Freundin."

Hauptkommissarin Meyerbach war irritiert. „Seine Freundin?", wiederholte sie. „Darf ich fragen, wie Sie heißen?"

„Lola Bruxel."

„Wie lange waren Sie mit Herrn Bogerwall zusammen?"

Lola fiel wieder in sich zusammen. „Nicht lange. Ein dreiviertel Jahr. Es ist furchtbar. Erst vor zwei Wochen bin ich zu ihm gezogen, wissen Sie? Wir waren sehr verliebt und glücklich!"

Die Hauptkommissarin sah fragend ihren Kollegen an. Wie passte das mit dem, was sie herausgefunden hatten, zusammen? Vorsichtig fragte sie: „Sie sagten, dass Sie mit der Polizei gesprochen hätten. Ist er eines natürlichen Todes gestorben?"

Lola schüttelte stumm den Kopf.

„Wie ist er … ich meine … fühlen Sie sich dazu imstande, uns zu berichten, was mit ihm geschehen ist?"

„Muss ich darüber sprechen?" Sie schluchzte. Die Hauptkommissarin sah Lola eindringlich an. Es hänge wirklich viel von ihrer Aussage ab, meinte sie. „Wenn es sein muss", druckste Lola. Gezwungen fing sie an zu erzählen: „Also, vor drei Tagen geschah es. Er wollte am Abend eine kleine Spritztour mit dem Auto machen, sagte er mir, und fuhr gut gelaunt fort. Ein

Abschiedskuss, nichts Besonderes. Er verhielt sich wie immer. Auf einem Waldparkplatz stellte er dann sein Auto ab. Offenbar trank er Bier, vier Flaschen, sagte die Polizei. Und dann schluckte er Schlaftabletten. Sie haben die leere Tablettenschachtel und die Flaschen im Auto gefunden. Ich weiß nicht mal, wo er die Tabletten herhatte. Anschließend schloss er die Türen und Fenster und zündete zwei Alu-Tischgrills auf der Rückbank an. Dann schlief er ein. Am nächsten Morgen fanden ihn zwei Wanderer tot in seinem Auto liegen und riefen die Polizei."

Hauptkommissarin Meyerbach sagte: „Das tut mir leid." Nach einem Moment der Stille fragte sie: „Hat er Ihnen einen Abschiedsbrief hinterlassen?"

Lola verneinte.

„Gab es irgendwelche Anzeichen davor, die seinen Selbstmord angekündigt hätten?"

Lola schüttelte den Kopf.

„Litt er möglicherweise unter Depressionen?"

„Nein, wieso fragen Sie das? Er war mit mir glücklich! Ich kann mir das alles gar nicht erklären!"

Hauptkommissarin Meyerbach flüsterte ihrem Kollegen zu: „Wir müssen mit der Mannheimer Kriminalpolizei sprechen." Wieder Lola Bruxel zugewandt fragte sie:

„Wissen Sie eventuell, ob die Polizei von einem Selbstmord oder einem Mord ausgeht? Haben sie Ihnen gegenüber diesbezüglich etwas erwähnt?"

„Mord? Wie kommen Sie denn darauf? Das weiß ich nicht!"

Das Gespräch stockte. Wieder entstand eine unangenehme Stille. Hauptkommissarin Meyerbach überlegte und sah Kommissar Flausch fragend an. Dieser ergriff nun das Wort und fragte: „Frau Bruxel, sagt Ihnen der Name Tilda Gisellau etwas?"

Verständnislos blickte sie ihn an: „Nein, den Namen habe ich noch nie gehört. Wieso fragen Sie danach?"

„Wir gehen davon aus, dass sich Herr Bogerwall und Tilda Gisellau kannten. Dieser Umstand könnte in Zusammenhang mit Herrn Bogerwalls Tod stehen."

„Das muss dann vor meiner Zeit gewesen sein. Ich habe diesen Namen noch nie gehört. Er hat den Namen auch nie erwähnt."

Dann holte Hauptkommissarin Meyerbach Florians Brief aus der Tasche und zeigte ihn ihr.

Lola las ihn. Spontan sagte sie: „Das soll er dieser Tilda geschrieben haben? Aber das ist nicht seine Schrift. Mit Sicherheit hat er das nicht geschrieben!"

„Wie können Sie so sicher sein? Es ist eine undefinierbare, verschnörkelte Schrift. Keine eindeutig erkennbare Handschrift."

„Ich bleibe dabei, das hat er niemals geschrieben." Lola schob den Brief zurück in Richtung der Hauptkommissarin. „Er hätte niemals so einen Liebesbrief geschrieben. Dazu war er nicht der Typ Mann."

Hauptkommissarin Meyerbach fragte unbeirrt weiter: „Hat Herr Bogerwall jemals den Ort Bruchsal erwähnt? Kannte er vielleicht jemanden, der dort lebt?"

„Bruchsal? Wieso fragen Sie nach Bruchsal? Ja, das sagt mir etwas." Sie dachte angestrengt nach. Dann erzählte sie: „Es war vor einem knappen dreiviertel Jahr etwa, kurz nachdem wir uns kennengelernt hatten. Da kam er aus dem Urlaub zurück. Er hatte einige Tage in Berlin verbracht, seiner alten Heimat. Jedenfalls kam er aus Berlin zurück und sagte: 'Ich bin jetzt so weit!' Ich wunderte mich noch. Ich wusste nicht, was er damit meinte. Er schrieb dann einen Brief. Monate lang geschah weiter nichts. Dann, ungefähr vor vier Wochen, bekam er eine Antwort auf diesen Brief. Er schloss sich für Stunden in seinem Zimmer ein. Als er herauskam, war er wie verändert. Er war ganz blass und faselte: 'Das hätte ich nie für möglich gehalten!' und 'Ich muss in

Bruchsal anrufen.'" Sie sah die Hauptkommissarin an. „Daher kenne ich den Ort Bruchsal."

„Ich verstehe", sagte Hauptkommissarin Meyerbach. Sie deutete auf den Brief, der vor ihr lag: „Vielleicht war es dieser Brief hier, den er geschrieben hatte, und vielleicht erhielt er ein halbes Jahr später eine eindeutige Antwort darauf. Sagen Sie, gibt es diesen Antwortbrief noch?"

„Nein, er hat alles in seinem Garten verbrannt."

„Verbrannt? Warum hat er das gemacht?"

„Das kann ich Ihnen nicht sagen."

„Aber er hat tatsächlich in Bruchsal angerufen? Sind Sie sich sicher?"

Lola nickte. „Ich musste aus dem Zimmer gehen. Er wollte allein sein."

„Wir müssen mit Wilma Mitschmacher sprechen, vielleicht weiß sie etwas über den Telefonanruf", sagte sie zu Kommissar Flausch. Dieser schrieb sich eine Notiz auf.

Hauptkommissarin Meyerbach wechselte das Thema: „Aus Berlin stammte er, sagen Sie? Können Sie uns etwas über Florian Bogerwalls Vergangenheit in Berlin erzählen?"

Lola schüttelte den Kopf. „Nichts, ich weiß eigentlich nichts über sein Leben. Er hat nie darüber gesprochen. ‚Wir leben nicht in der Vergangenheit‘, hatte er immer gesagt. ‚Wir leben im Hier und Jetzt!‘ Ich weiß fast nichts von ihm."

„Das ist sonderbar", urteilte Hauptkommissarin Meyerbach.

„Wieso sagen Sie das? Er war ein wunderbarer Mann."

„Entschuldigen Sie bitte, so hatte ich es nicht gemeint. Ich denke, es muss einen Grund dafür geben, dass er nicht über seine Vergangenheit reden wollte. Sagen Sie, wen besuchte er, als er damals für ein paar Tage in Berlin war?"

„Das weiß ich nicht." Sie runzelte die Stirn. „Er erzählte etwas von einem Bötzow-Viertel, in dem er wohl einmal gewohnt hatte und von einer Berta, die es offenbar immer noch gäbe. Mehr weiß ich nicht. Es ist schon so lange her. Er wollte nicht darüber sprechen."

Hauptkommissarin Meyerbach überlegte. Sie fand Florian Bogerwalls Verhalten ungewöhnlich. Dann beendete sie das Gespräch, indem sie sich für Lolas Offenheit bedankte. Sie stand auf und verließ mit Kommissar Flausch die Wohnung.

Wieder im Auto sitzend überlegte Kommissar Flausch. „Er könnte an der Hochzeit den Sprengsatz gezündet und sich dann aus Schuldgefühlen das Leben genommen haben. 'Ich kann nicht mit dir und auch nicht ohne dich'", zitierte er den Brief.

„Möglich." Hauptkommissarin Meyerbach starrte in Gedanken versunken vor sich hin.

Dann bat sie Kommissar Flausch um Wilmas Telefonnummer.

„Hallo Frau Mitschmacher. Ich hätte da eine Frage: Erhielten Tilda oder Heiner Giesellau in den letzten Wochen einen Telefonanruf aus Mannheim? Hat irgendjemand aus dem Haus eine Bemerkung in diese Richtung fallen lassen?"

Wilma überlegte. Dann verneinte sie. „Wer sollte denn angerufen haben?", fragte sie zum Verständnis nach.

„Eventuell ein gewisser Florian Bogerwall."

„Nein, daran kann ich mich nicht erinnern. Es tut mir leid. Aber wenn ich Sie gerade am Telefon habe, muss ich eine meiner Aussagen revidieren. Ich scheine mich getäuscht zu haben. Es könnte durchaus gewesen sein, dass Tilda doch einen Verehrer hatte. Ich habe nämlich mit Monty Manhenke gesprochen und er hatte mit ihr ein Gespräch geführt, in dem sie eine solche Andeutung gemacht hatte."

„Ja?", fragte Hauptkommissarin Meyerbach. „Das ist sehr interessant. Ich danke Ihnen für diese Information." Dann legten sie wieder auf. „Du hast vielleicht recht mit deiner Annahme, Ingo. Florian könnte sich aus Schuldgefühlen selbst das Leben genommen haben."

Kommissar Flausch nickte. Dann aber fragte sie ihn unerwartet: „Was wäre aber, wenn es in Wahrheit ein Mord war, der als Selbstmord getarnt war?"

Kommissar Flausch schaute ungläubig drein: „Wie kommst du denn darauf?"

„Naja, oftmals hinterlassen Selbstmörder ihren Angehörigen einen Abschiedsbrief, in dem sie sich erklären. Oder es gibt im Vorfeld Hinweise, die auf einen Selbstmord deuten, wie zum Beispiel Stimmungsschwankungen oder Depressionen. Scheinbar war aber alles in Ordnung in seinem Leben. Er war glücklich, wenn wir Frau Bruxel Glauben schenken wollen. Glücklich, bis er diesen Antwortbrief erhalten hatte." Nach einer Pause meinte Hauptkommissarin Meyerbach nachdenklich: „Ich möchte zu gern wissen, warum Florian Bogerwall nicht über seine Vergangenheit reden wollte. Hatte er etwas zu verbergen? Ich denke, dass vielleicht Florian Bogerwall eine Schlüsselperson in diesem Fall ist."

Kommissar Flausch räusperte sich. Er dachte an die weiteren Ansatzpunkte, die sie noch verfolgen sollten.

„Ich möchte nach Berlin fahren und mich auf die Suche begeben. Am besten jetzt gleich am Wochenende, kommst du mit mir?" Hautkommissarin Meyerbach schaute ihn herausfordernd an.

Er zögerte einen Moment, denn er wusste nicht, was die Fahrt nach Berlin bringen sollte. Schließlich versicherte er ihr aber, dass er sie begleiten wolle.

„Gut. Ich danke dir."

Kommissar Flausch startete den Wagen. „Und nun?", fragte er.

„Jetzt fahren wir zum Bruchsaler Bahnhof."

Kommissar Flausch schüttelte den Kopf. „Nein", bestimmte dieser. „Für heute ist es genug. Ich denke, das kann bis morgen Abend warten. Jetzt fahren wir zurück nach Karlsruhe und dann lade ich dich zum Essen ein."

Entgeistert schaute sie ihn an.

„Ich akzeptiere kein 'Nein', schüttelte er ungewohnt bestimmend den Kopf. „Wir können uns nicht die ganze Zeit mit dem Fall beschäftigen. Wir brauchen einen klaren Kopf, um unsere Gedanken neu zu sortieren. Und das gelingt nur, wenn wir zwischendrin auch einmal abschalten."

„Aber …"

Er legte seinen Finger auf den Mund. „Nichts aber! Keine Widerrede." Sie schloss ihren Mund und fügte sich widerwillig. Dann fuhr er mit ihr nach Karlsruhe zum Gutenbergplatz.

10

Mitten auf dem Gutenbergplatz befand sich ein sandsteinfarbener Brunnen. Um ihn herum hatte ein italienisches Restaurant seine Tische verteilt. An einem der äußeren Tische nahmen sie Platz. Nachdem die freundliche Bedienung die Bestellung angenommen hatte, schauten sie sich an. Ungewohnt war es, nicht mehr in der dienstlichen Funktion, sondern als Privatpersonen zusammen zu sein. Die Kräfteverhältnisse änderten sich. Sie, die sonst das Sagen hatte, verhielt sich eher zurückhaltend und er, der vom Dienstgrad ihr unterstand, ungewohnt forsch. Nachdem der Wein serviert war, begann er: „Magst du mir etwas über Spielberg erzählen?"

Lachend fragte sie: „Warum soll ich dir was über meinen Heimatort erzählen?"

„Weil ich gerne wissen möchte, woher du kommst."

Sie schaute ihn irritiert an. Etwas unsicher sagte sie, während sie sich umschaute: „Nein …!"

„Komm schon, so schwer kann das doch nicht sein."

„Was soll ich schon darüber erzählen? Es ist ein ganz normales, kleines Dorf, vollkommen uninteressant. Ein Dorf, wie viele andere auch."

Er beugte sich vor: „Bist du dort zur Schule gegangen?"

„Nein. Ins Gymnasium bin ich später nach Ettlingen gegangen."

„Hast du noch Geschwister, die dort leben?"

Sie verneinte.

„Was machten deine Eltern beruflich?"

„Ingo, was soll das?", unterbrach sie seine Fragen. Ausweichend gab sie ihm zu verstehen: „Ich will eigentlich nichts über mich erzählen. Ich hatte eine ganz normale Kindheit, mit ganz normalen Eltern in einem ganz normalen Dorf! Weiter nichts. Mir ist das sehr unangenehm. Ich will nicht über meine Vergangenheit sprechen, wirklich nicht. Und schon gar nicht über meine Familie."

Er schaute sie nachdenklich an. Wie schade, fand er, dass sie sich ihm gegenüber verschloss. Sie sprach nicht gerne über sich, das musste er wohl einsehen, aber warum, das fragte er sich.

„Entschuldige, aber ich möchte dich gerne verstehen und … kennenlernen, erfahren, wer du bist. Wir sind uns erst vor Kurzem berufsbedingt begegnet und wir wissen praktisch nichts voneinander."

„Ist das denn so wichtig? Wir sind Kollegen. Im Beruf muss es klappen, darauf kommt es an."

„Ja, für mich ist das wichtig." Er machte eine Pause. Sie schien in Gedanken versunken zu sein. Dann schüttelte sie leicht den Kopf, schaute ihm in die Augen und fragte: „Also gut. Du gibst wohl nicht auf. Was willst du wissen?"

Ein leises Lächeln kam über seine Lippen: „Wie war deine Kindheit?"

Sie lachte bitter. „Meine Kindheit? Die Kindheit wird sehr oft überbewertet. Meine Eltern waren selbstständig, arbeiteten viel und hatten praktisch nie Zeit für mich. Wir hatten ein Teppichgeschäft, weißt du, das musste laufen. Das kam immer an erster Stelle. Meine Kindheit war eher trist und glücklos. Ich erinnere mich an viele langweilige Nachmittage und Abende alleine zu Hause. Elterliche Liebe und Fürsorge? Eher kaum. Für sie musste ich funktionieren und keinen Ärger machen, dann war für sie alles in Ordnung. Aber, hey, ich kann mich nicht beklagen. Ich hatte alles, was ich brauchte. Mir fehlte es materiell an nichts."

„Außer …"

Lange schaute sie ihn an, bevor sie weitersprach: „Außer vielleicht an Zuneigung. Es fehlte eine Umarmung oder einfach nur die Anerkennung. Dabei hatte ich mir solche Mühe gegeben, ihnen zu gefallen und eine gute Tochter zu sein." Ihre Stimme wurde weich. „Naja, ich bin schließlich groß geworden. Auch ohne das alles."

„Das bist du."

„Mit achtzehn bin ich sofort ausgezogen. Ich wollte nichts, kein Geld, keine gutgemeinten Worte. Das kam alles zu spät. Mein Studium habe ich ganz alleine geschafft."

„Ich verstehe. Bettina, du bist auch eine hervorragende Kommissarin geworden. Du kannst stolz auf dich sein."

Sie lächelte ihn dankend an.

„Du warst einmal verheiratet? Stimmt das?", fragte er.

Sie schluckte. „Ja, noch so ein dunkles Kapitel in meinem Leben. Ich erwartete offenbar zu viel. Er ging irgendwann fremd und hat mich verlassen."

„Das tut mir leid."

„Ist schon gut. Es passte einfach nicht." Sie verstummte. Die Pizzen wurden serviert.

„Und nun erzähl mir etwas von dir." Sie schaute ihn herausfordernd an.

„Tja, was soll ich sagen. Meine Kindheit war so ziemlich das Gegenteil von deiner. Ich liebe meine Eltern. Sie sind mit Ende fünfzig noch recht jung, wie ich finde. Wir sind eher Freunde als Familie. Eines Tages, da war ich dreizehn Jahre alt, hatten sie mir Sherlock Holmes Geschichten zu lesen gegeben. Ich bin ihnen noch heute dafür dankbar. Denn durch diese Geschichten habe ich die Liebe für meinen Beruf entdeckt. Ich wollte schon immer Verbrechen aufklären oder Rätsel lösen. Das ist meine Leidenschaft. Und ich bin froh, mit dir meinen zweiten Fall bearbeiten zu können. Wir sind ein gutes Team, denke ich." Er lächelte sie an.

„Apropos Fall, wir müssen noch …"

„Wir müssen heute gar nichts mehr", unterbrach er ihre aufkeimende Geschäftigkeit. „Wir bleiben hier sitzen und machen uns einen schönen Abend. Einverstanden?"

Sie atmete tief ein. Dann nickte sie und begann ihre Pizza zu essen.

Es war sieben Uhr, als Wilma auf die Uhr schaute. Sie ärgerte sich, denn der Wecker würde erst in einer Stunde klingeln. Aber nun war sie hellwach und konnte nicht mehr einschlafen. Sie setzte sich auf, rieb sich die Augen und zog anschließend ihren Morgenmantel an. Als sie an Rosemaries Tür vorbeiging, horchte Wilma, ob sie schon auf war. Aber es regte sich nichts. Leise ging sie in die Küche, um den Kaffee aufzubrühen. Sie hatte genügend Zeit, bis sie später ins Büro gehen musste. Sie arbeitete als Sekretärin in einem familiär betriebenen Mittelstandsunternehmen in Bruchsal. Eine leise Melodie summend deckte sie den Tisch für Rosemarie und sich. Dann machte sie sich frisch und zog etwas klassisch Schickes an.

Normalerweise würde Rosemarie gegen acht Uhr aufstehen. Um viertel nach acht entschloss sie sich, bei Rosemarie an der Zimmertür zu klopfen. Rosemarie reagierte jedoch weder auf ein Klopfen noch auf Wilmas Stimme. Schließlich öffnete sie die Tür. Rosemaries Bett war unberührt. Sie schaute sich im Zimmer um. Rosemarie hatte die Nacht nicht hier verbracht. Sofort eilte sie ins Wohnzimmer, wo ihr Handy lag. Sie versuchte Rosemarie zu erreichen, doch diese nahm nicht ab. Vielleicht übernachtete sie bei einer Freundin, beruhigte sie sich. Sie würde bestimmt bald nach Hause kommen.

Wilma begann alleine zu frühstücken. Bis sie ins Büro musste, hatte sie noch eine Dreiviertelstunde Zeit. Sie bekam ein flaues Gefühl im Magen. Es war vollkommen untypisch für Rosemarie wegzubleiben und ihr nicht Bescheid zu sagen. Die Zeit verrann und von Rosemarie kein Zeichen. Alle zehn Minuten versuchte Wilma Rosemarie zu erreichen. Kurz vor neun Uhr probierte sie es das letzte Mal bei ihr. Sie hatte ihr Handy jedoch immer noch nicht angeschaltet.

Schließlich rief sie im Büro an. Sie würde heute später oder vielleicht gar nicht zur Arbeit kommen. Je nachdem, wann Rosemarie nach Hause kommen würde. Dann wählte sie die Nummer von Rosemaries bester Freundin Irina. Mit schläfriger Stimme nahm diese das Telefon ab. Nachdem Wilma nachgefragt hatte, ob Rosemarie bei ihr übernachtet, diese jedoch verneint hatte, machte sie sich große Sorgen. Rosemarie war die letzten Tage in keiner guten Verfassung gewesen. Alleine würde sie vielleicht nicht gut zurechtkommen. Anschließend versuchte es Wilma bei Rosemaries Mitbewohnerinnen im Studentenwohnheim. Aber auch dort war sie die Nacht über nicht gewesen. Angst stieg

116

in Wilma empor. Wenn nicht dort, wo könnte Rosemarie gewesen sein?

Wilma zog ihr schickes Kostüm wieder aus und warf sich etwas Bequemeres über. Stumm saß sie auf der Couch und wartete. Rosemarie hatte seit dem schrecklichen Anschlag auf der Hochzeit Angst gehabt. Wovor, das wusste sie nicht. Und jetzt war sie verschwunden. Hatte Rosemarie den Täter gesehen, fragte sie sich. Wusste sie, wer es war? Und nun hatte dieser sie entführt? Wilma schluckte. Was sollte sie nur tun?

Unweigerlich wählte sie Hauptkommissarin Meyerbachs Nummer. Sorgenvoll berichtete sie ihr, dass Rosemarie nicht nach Hause gekommen sei. Sie habe ihr Handy ausgeschaltet. So habe sie sich noch nie verhalten. Sie mache sich große Sorgen, dass ihr etwas zugestoßen sei.

Auf die Frage, ob Wilma ihre Freundinnen angerufen habe, antwortete sie: „Ich habe alle, die ich aus ihrem Umfeld kenne, angerufen. Dort ist sie nicht. Einen Freund hat sie nicht. Sie ist wie vom Erdboden verschluckt! Ich habe solche Angst!" Hauptkommissarin Meyerbach beruhigte sie. Sie würden sich bei Rosemarie im Studentenwohnheim umschauen und vielleicht würden sie eine Spur finden, wo sich Rosemarie aufhalten würde. Nachdem Wilma ihr die Adresse des Studentenwohnheimes gegeben hatte, legten sie auf.

Eine Stunde später standen Hauptkommissarin Meyerbach und Kommissar Flausch vor einem großen Wohnkomplex in der Karlsruher Oststadt. Das Gebäude hatte vierzehn Stockwerke. Sie fuhren mit dem Fahrstuhl in den achten Stock. Auf dieser Etage wohnten nur Mädchen. Sie liefen den langen Flur entlang bis zur Zimmernummer 46. Dort klopften sie an.

Rosemaries Nachbarin, Agnes, öffnete die Tür. Sie nickte leicht, und holte den Zweitschlüssel für Rosemaries Zimmer. Wilma hatte ihr bereits telefonisch mitgeteilt, dass die Polizei kommen würde.

Agnes schloss Rosemaries Zimmer auf. Die Frage, ob sie gebraucht werde und mit hineinkommen solle, verneinte die Hauptkommissarin. Höflich verabschiedete sie sich wieder.

Hauptkommissarin Meyerbach und Kommissar Flausch traten ein. Das Zimmer hatte eine Fläche von etwa zwölf Quadratmetern. Es war klug eingerichtet mit einem Klappbett, einem passgenauen Einbauschrank und einem kleinen Schreibtisch. Oberhalb des Schreibtisches waren bis an die Decke reichende Regale montiert, in denen Fachbücher der Betriebswirtschaft und dutzende Ordner standen. Sie öffneten die

Schreibtischschubladen. Diese waren sehr ordentlich und übersichtlich aufgeräumt. Rosemarie war offenbar gut strukturiert. Nichts erregte ihre Aufmerksamkeit. Kein Hinweis auf die Hochzeit oder auf ihr plötzliches Verschwinden. Hauptkommissarin Meyerbach öffnete den Schrank.

„Hey, Ingo, schau dir das an!" Sie tippte ihm, der gerade einen Ordner in der Hand hielt, auf die Schulter. Dieser drehte sich um: „Oh mein Gott!" stieß er leise aus, als er sah, was sich im Schrank befand.

Ein mittleres Regalbrett war herausgenommen worden, sodass ein größerer Hohlraum entstanden war. An der Hinterwand hing ein Bild von Tilda. Ihre Augen waren ausgestochen, ihr Kopf vom Rumpf abgetrennt. Vor dem Bild standen schwarze Kerzen, eine Räucherschale und einige Töpfchen. Kommissar Flausch öffnete eins und roch daran. Es waren Kräuter darin. Die beiden sahen sich nachdenklich an. Auf dem Regalbrett darüber standen alte Bücher, deren Titel Kommissar Flausch nacheinander vorlas: „Okkultismus - Schwarze Magie - Kräuterkunde - Satan und seine Diener - Voodoo-Zauber."

Hauptkommissarin Meyerbach nahm ein längliches Etwas, das eingewickelt neben der Räucherschale lag, in die Hand. Sie öffnete es langsam und vorsichtig. Zum Vorschein kam eine Stoffpuppe, auf deren Kopf ein Foto von Tildas Gesicht geklebt war. In ihrem Leib steckte eine Nadel.

11

Als Agnes in den Schrank sah, traute sie ihren Augen kaum. „Nein, das wusste ich nicht!", sagte sie. „Sie hatte nie etwas von schwarzer Magie erzählt oder sich sonst komisch verhalten."

„Und wie sprach sie von Tilda Giesellau?", wollte Hauptkommissarin Meyerbach wissen.

„Wenn Sie mich das so fragen, nicht gut. Sie ließ kein gutes Haar an ihr. Tilda war ihr ein Dorn im Auge. Bitte sagen Sie ihr aber nicht, dass Sie das von mir wissen!"

Hauptkommissarin Meyerbach beruhigte sie. Dann durfte Agnes gehen.

Die Kollegen der Spurensicherung sollten kommen und das Zimmer bis ins Kleinste untersuchen, befand Kommissar Flausch. So gesagt, tätigte er einen Telefonanruf.

„Warum ist Rosemarie verschwunden", fragte Hauptkommissarin Meyerbach nachdenklich. „Warum?"

Zurück im Revier standen sie vor der Pinnwand. Hauptkommissarin Meyerbach nahm Rosemaries Kärtchen und pinnte es in die Mitte, unmittelbar neben Tildas Namen. Liesbeth und Hugo hängte sie weiter weg. Diese kamen für sie im Moment weniger als Täter in Frage. Stattdessen nahm sie Lothars Kärtchen in die Hand und tippte darauf. „Wir müssen unbedingt eine Fahndung nach Lothar Fraunscheuer herausgeben. Er ist untergetaucht und wir müssen ihn finden." Sie hängte sein Kärtchen unmittelbar neben Heikos Namen.

Die drei Kärtchen Heiner, Wilma und Monty wurden vom jetzigen Standpunkt aus dem inneren Kreis an die Seite geschoben. Dann war da noch Florian Bogerwall. Sie dachte an Berlin. Wenn es kein Selbstmord war, dann war er auch ein Opfer und der Täter musste ein Motiv gehabt haben, ihn umzubringen. „Das Motiv", flüsterte sie vor sich hin. „Welches Motiv?" Sein Kärtchen hängte sie direkt über Tilda und Heiko.

Sie nahm Abstand und betrachtete die Pinnwand. Es hatte sich einiges verändert. Es gab neue Verbindungen, die sie herausgearbeitet hatten.

Kommissar Flausch übernahm es, die Fahndung nach Lothar Fraunscheuer in die Wege zu leiten. Dafür benötigten sie auch ein Foto, das er bei Lothars Eltern holen wollte. Er verließ geschäftig das Büro.

Unterdessen rief Hauptkommissarin Meyerbach bei der Mannheimer Kriminalpolizei an. Nachdem sie mit dem richtigen Hauptkommissar verbunden worden war, fragte sie: „Herr Menning, ist es möglich, dass der Selbstmord von Florian Bogerwall nur vorgetäuscht war und es sich in Wirklichkeit um Mord handelt?"

Herr Menning gab ihr zu verstehen, dass auch sie den Selbstmord sehr kritisch sehen würden und eher von einem Tötungsdelikt ausgingen. Es gab keine vorherigen Andeutungen, keinen Abschiedsbrief und, was noch viel gewichtiger wog: Es gab Spuren, die darauf hinwiesen, dass er nicht alleine gewesen war.

Hauptkommissarin Meyerbach bedankte sich für seine Ausführungen. Nachdenklich legte sie auf.

„Warum musste Florian Bogerwall sterben?", fragte sie sich. Sie mussten unbedingt mehr über ihn in Erfahrung bringen. Sie beantragte sogleich eine Dienstreise nach Berlin. Diese sei unabdingbar für die Lösung des Falles, begründete sie ihr Vorhaben gegenüber ihrem Vorgesetzten. Morgen früh wollte sie gemeinsam mit ihrem Kollegen aufbrechen.

Hauptkommissarin Meyerbachs Handy klingelte. Es war Wilma, die sich nach dem Untersuchungsstand erkundigen wollte. „Haben Sie schon eine Idee, wo sich Rosemarie aufhalten könnte? Ich sterbe aus Sorge um sie!"

Die Hauptkommissarin verneinte. Von dem Fund in Rosemaries Studentenzimmer berichtete sie zunächst nichts. Darüber wollte sie Stillschweigen bewahren.

„Aber irgendetwas muss ich doch tun können?" drängte Wilma. „Ich kann doch nicht einfach nur tatenlos herumsitzen?"

„Wir haben eine Fahndung eingeleitet. Wir werden sie finden, seien Sie beruhigt. Vielleicht kommt sie ja von selbst wieder zurück?"

Wilma machte ein unzufriedenes Geräusch.

„Nächste Woche schauen wir weiter."

„Erst nächste Woche?", fragte Wilma entsetzt.

„Mein Kollege und ich werden das Wochenende über in Berlin sein und an dem Fall weiterarbeiten. Wir werden voraussichtlich am Montag wieder hier sein. So lange kümmern sich die Kollegen um die Vermisstensuche." Die Hauptkommissarin würgte Wilma ab und beendete das Telefonat.

Spät am Abend standen die beiden Kommissare vor dem Bruchsaler Bahnhof. Viele Gestalten saßen auf den Stufen vor dem Eingang und unterhielten sich. Obdachlose, die hier die Nacht verbringen wollten und sich mit Matten einen Schlafplatz eingerichtet hatten, aber auch junge Leute, die bis spät in die Nacht in den Clubs und Kneipen unterwegs waren. Zielstrebig gingen sie auf zwei ältere Männer zu, die sich in einer Ecke zusammengekauert hatten. Sie tranken Schnaps aus Flaschen und unterhielten sich. Als Kommissar Flausch näherkam, verstummte das Gespräch. Erstaunt sahen sie ihn an. „Wir suchen einen Mann namens 'Kalle', wissen Sie, wo wir ihn finden können?"

Abwechselnd schauten sie zu ihm und dann zu Hauptkommissarin Meyerbach, die ein Stück hinter ihm stand und das Gespräch beobachtete. Achselzuckend verneinten sie seine Frage. „Kalle kennen wir nicht. Oder?", sagte der eine. „Nie gehört", der andere. „Haste mal 'nen Euro für uns? Wir haben Hunger!", bettelte der erste. „Und Durst!"

Kommissar Flausch griff in seine Tasche und holte sein Portemonnaie heraus. Dann hob er einen fünfzig Euro Schein in die Höhe. „Vielleicht fällt Ihnen doch noch ein, wo wir ihn finden können?"

Hauptkommissarin Meyerbach glaubte ihren Augen kaum. Sie wollte gerade ihren Kollegen zurechtweisen, da sprach der zweite, nachdem sie sich kurz angeschaut hatten: „Ja, wenn das so ist? Da drüben ist er." Er zeigte auf die gegenüberliegende Seite des Bahnhofs. „Der mit der blauen Kappe."

Kommissar Flausch bedankte sich lächelnd und reichte ihm den Schein, den ihm dieser blitzschnell aus den Fingern zog.

Anschließend überquerten sie die Straße und blieben vor einem älteren Mann mit blauer Kappe stehen, der auf einer Grünfläche auf einer Decke saß.

„Sie sind Kalle?", fragte Kommissar Flausch.

Dieser schaute beide mit zusammengekniffenen Augen an. „Polizei, nicht wahr? Ihr seid nicht die ersten, die was von mir wollen. Es geht um den toten jungen Mann, der mit dem feinen Anzug, oder?"

Hauptkommissarin Meyerbach schaute ihn erstaunt an. „Genau, Sie kannten ihn?"

„Ich kenne viele. Aber ja, der Arme. Ich kannte ihn. Hat sich was vormachen lassen und das hat er nun davon. Uns schenkt doch niemand etwas! Das hatte ich ihm auch gesagt. Ist auf den ganzen Scheiß reingefallen."

„Hatte er mit Ihnen darüber gesprochen?"

„Na klar. Ich weiß alles, was hier passiert. Er sagte mir, er würde 2000 Euro bekommen und was Neues zum Anziehen, wenn er ein paar Blumen während einer Hochzeit überreichen würde."

„Und hat er gesagt, wer es war, der ihm den Deal vorgeschlagen hatte?"

Kalle zuckte mit den Schultern. „Das hat er mir nicht gesagt. Er meinte, er würde kein Geld bekommen, wenn er etwas darüber verraten würde und es herauskäme. Das Geld sollte er erst danach erhalten. Aber dazu kam es nicht mehr, wurde vorher erstochen. Scheißdreck!"

„Und Sie wissen auch nicht, ob es ein Mann oder eine Frau war?"

Kalle überlegte. „Nein, könnte beides möglich sein, nicht wahr? Der Arme, sah gut aus in seinem Anzug. Aber uns schenkt niemand etwas, wie ich schon gesagt habe. Wir sind das unterste Ende, der Dreck der Gesellschaft. Es ist doch scheißegal, ob einer von uns stirbt! Wen interessiert das schon? Ach…!" Er trank einen großen Schluck Schnaps. Hauptkommissarin Meyerbach schaute ihren Kollegen unzufrieden an. „Wir danken Ihnen", verabschiedeten sie sich.

Als sie wieder im Dienstwagen saßen, meinte er: „Das hat uns leider nicht weitergebracht. Lass uns Schluss machen für heute und morgen nach Berlin fahren." Sie nickte. Gesagt, getan, fuhren sie zurück zum Revier. Dort angekommen verabschiedeten sie sich. „Ich freue mich auf die Dienstreise mit dir", sagte er.

Sie konnte ein Lächeln nicht verhindern und meinte etwas verlegen: „Ja, ich mich auch." Und fügte anschließend hinzu: „Ich hoffe, wir haben dort mehr Glück. Bis morgen!"

Er schaute ihr nach, dann stieg auch er in sein Auto.

12

Nach einer knapp siebenstündigen Autofahrt checkten sie in der Nähe des U-Bahnhofs Eberswalder Straße in Berlin Prenzlauer Berg in ein Hotel ein. Das Hotel befand sich an der Schönhauser Allee und war für ihre Zwecke ideal gelegen. Sie waren mit der nahegelegenen U- oder Tram-Bahn auch ohne Auto mobil. Der Prenzlauer Berg lag im ehemaligen Ostteil der Stadt und das sogenannte Bötzow-Viertel dort in unmittelbarer Nähe. Sie mussten nur vom Hotel aus mit der Tram einige Stationen bis zum Arnswalder Platz fahren.

Sie erhielten vom freundlichen Personal zwei Einzelzimmer, in die sie ihr Gepäck trugen.

Anschließend nahmen sie im Hotelrestaurant einen kleinen Snack ein, bevor sie sich auf den Weg machten.

An einem der BVG-Schalter kauften sie sich zwei Tagestickets und suchten die richtige Haltestelle in Richtung Friedrichshain. Die Bahnen fuhren in kurzen Abständen. Dichtgedrängt standen sie, bis sie nach fünf Stationen wieder ausstiegen. Wie wahnsinnig großflächig die Stadt sei, bemerkte Kommissar Flausch. Es gab für ihn kein eindeutiges Zentrum, keine Innenstadt, so wie beispielsweise in Karlsruhe oder Heidelberg. Sondern viele Bezirke mit jeweils eigenen Zentren. Es schien ihm so, als ob Berlin aus vielen einzelnen Städten bestand.

Die Fassaden der Altbauten im Bötzow-Viertel waren größtenteils schick verziert und neu saniert. Es war für sie nicht auszumachen, dass sie sich im ehemaligen Ostteil der Stadt befanden. Die einst braunen Farbtöne waren hellen und freundlichen Farben gewichen.

Große Laubbäume standen in regelmäßigen Abständen am Straßenrand. Die südliche Grenze des Viertels bildete der große Volkspark Friedrichshain. Eine grüne Lunge und Freizeitort für die Anwohner.

Das Bötzow-Viertel bestand aus acht Straßenzügen. Mittendrin befand sich die Bötzowstraße, die sie gerade entlangliefen.

„Florian Bogerwall erzählte seiner Freundin etwas über eine Berta. Sie sei immer noch da. Wir müssen also herausfinden, wer oder was Berta ist", sagte Hauptkommissarin Meyerbach.

„Vielleicht ist sie ebenso eine alte Kneipe, wie Lore's Stube, die es zu DDR-Zeiten auch schon gegeben hatte?"

Sie stimmte ein. Sie müssten also das Viertel ablaufen und nach einer Kneipe Ausschau halten.

Es gab viele Restaurants, Cafés und Bars in dem Viertel. Eine Kneipe mit dem Namen Berta sahen sie nicht. Sie entschieden sich, in einem indischen Restaurant etwas zu essen. Während des Essens sagte Kommissar Flausch: „Vielleicht existiert die Kneipe noch, aber nicht mehr so wie damals, sondern umgebaut und unter neuem Namen? Florian Bogerwall erkannte den Ort wieder, wo er früher gerne war."

„Aber wie sollen wir das herausfinden?"

„Wir müssen nachfragen. Und wir fangen am besten mit den kleinen Cafés und Bars an. „Der Name Berta hört sich eher nach einer kleinen intimen Kneipe an und nicht nach einem Großraumcafé."

Sie aßen zu Ende. Hauptkommissarin Meyerbach fand seine Idee schlüssig. Wieder machten sie sich auf den

Weg und durchquerten das Viertel. An einer Kreuzung befand sich ein recht kleines Café. Sie fragten, ob sich hier früher die Kneipe Berta befunden hätte, doch die Besitzer hatten keine Ahnung, was das Café früher einmal gewesen war. Eine Berta kannten sie nicht.

Im zweiten Restaurant glaubten sie mehr Glück zu haben. Eine ältere Dame stand ihnen Rede und Antwort.

„Eine Kneipe Namens Berta, sagen Sie? Nein, hier gibt und gab es keine Kneipe mit diesem Namen", urteilte diese. „Da müssen Sie sich täuschen."

Auf die Frage, welches ihrer Meinung nach die älteste Kneipe in der Nähe sei, überlegte sie: „Die älteste Kneipe? Sie meinen schon zu Ostzeiten? Nun, da gab es nicht viel. Die Bierquelle gab's damals schon. Meines Erachtens war sie die erste."

„Und wo befindet sich die Bierquelle?"

„Nein, nein, die Kneipe heißt heute nicht mehr Bierquelle, sondern Giselles Café. Ein vornehmer Name, wie ich finde." Sie lachte. „Sie liegt in der Liselotte-Herrmann-Straße, zwei Querstraßen weiter von hier.

Dankend verließen sie die Dame. Vielleicht hatten sie dort mehr Glück. Nach zehn Minuten standen sie vor

Giselles Café. Sie traten ein. Eine junge Frau begrüßte sie.

„Wir suchen eine Kneipe oder eine Frau Namens Berta", begann Hautkommissarin Meyerbach.

Die junge Frau kräuselte die Stirn. Auf die Frage, wer sie seien, wiesen sie sich aus. „Nun, können Sie uns eventuell weiterhelfen?"

„Bitte setzen Sie sich." Die junge Frau führte sie an einen Tisch. Nachdem die drei Platz genommen hatten, sagte sie: „Meine Großmutter heißt Berta. Sie war die Besitzerin der Bierquelle, einer kleinen Kneipe, die sich hier befand. Ich habe dann von ihr die Bierquelle übernommen, die Räumlichkeiten saniert und später Giselles Café eröffnet. Hauptkommissarin Meyerbach fragte, während sie ihr Florians Foto zeigte: „Kennen Sie diesen Mann?"

Die junge Frau verneinte.

„Könnten wir mit Ihrer Großmutter Berta sprechen?"

„Ja, natürlich, sie ist oben. Warten Sie bitte hier, ich werde sie herunterführen." Sogleich verschwand sie. Nach zehn Minuten kam sie wieder zurück, eine etwa neunzig Jahre alte, gebrechliche Frau am Arm. „Das ist Berta, meine Großmutter!", stellte sie die Dame vor.

Diese lächelte leicht und nickte stumm.

„Großmutter, diese Frau und dieser Mann sind von der Kriminalpolizei Karlsruhe. Sie sind extra hierhergekommen, weil sie dir ein paar Fragen stellen wollen." Dann setzte sie Berta an den Tisch und sich daneben.

Hauptkommissarin Meyerbach zeigte Berta Florians Foto. Diese zuckte abrupt zurück und schaute ihr zweifelnd ins Gesicht. „Nein!", ließ sie verlauten. „Bring mich wieder zurück nach oben!", befahl sie ihrer Enkelin.

„Wir bitten Sie", versuchte Kommissar Flausch zu vermitteln. „wir wollen uns nur mit Ihnen unterhalten."

„Sie sind von der Staatssicherheit!", flüsterte Berta hasserfüllt. „Fort mit Ihnen!"

„Nein, das sind wir nicht. Hören Sie, Florian Bogerwall ist tot. Er wurde wahrscheinlich ermordet. Wir müssen herausfinden, wer ihn umgebracht hat und eine Spur führt uns zu Ihnen. Sie müssen etwas über ihn wissen, etwas, das für uns wichtig sein könnte. Bitte, sprechen Sie mit uns. Sie kannten ihn!"

Berta, die bereits aufgestanden war, überlegte. Fassungslos fragte sie: „Tot?" Dann setzte sie sich langsam wieder hin.

Hauptkommissarin Meyerbach nickte. In ruhigem Ton fragte sie: „Er war vor einem dreiviertel Jahr bei Ihnen hier in dem Café?"

„Ja das stimmt, er war hier. Wir trafen uns wieder. Es war sehr schön."

„Sie trafen ihn wieder?", wiederholte die Hauptkommissarin. „Wann hatten Sie sich denn das erste Mal kennengelernt?"

Berta überlegte: „Das ist lange her. Vielleicht über fünfunddreißig Jahre. Damals war er noch ein junger Mann. Sie kamen in meine Kneipe, regelmäßig, immer freitags und samstags. Ich hätte ihn nicht mehr erkannt, als er vor einem dreiviertel Jahr vor mir stand. Aber er sprach mich an und die Erinnerung kam wieder zurück."

„Sie sagten: 'sie' kamen regelmäßig. Wen meinten Sie mit 'sie'?"

„Hm, das war eine Gruppe von vier jungen Leuten. Florian, dann ein Mann, den alle nur 'Stotti' nannten, weil er keinen Satz sprechen konnte, ohne zu stottern. Stotti hatte eine Freundin, Hilde, die schwanger war, daran erinnere ich mich noch. Und dann war da noch ein Mann, an den ich überhaupt nur wenig Erinnerung habe, da er nichts Besonderes an sich hatte."

„Florian und Hilde", notierte sich die Hauptkommissarin in ihr Notizbuch. „Wie hießen dieser Stotti und der dritte Mann mit Namen? Können Sie sich daran erinnern?"

„Das weiß ich nicht mehr. Nun, eines Tages waren sie weg und kamen nicht mehr wieder. Ich habe sie nie mehr gesehen. Bis auf Florian, der mich dieses Jahr besuchen kam."

„Wann war das, als die Gruppe verschwand?"

„Das war noch vor der Wende. Fünf oder sechs Jahre davor. Naja, nach der Wende hatte sich alles geändert."

„Warum hat Sie Florian vor einem dreiviertel Jahr besucht? Er kam danach nach Süddeutschland zurück und sagte seiner Freundin: 'Jetzt bin ich so weit!' Wissen Sie, was das bedeuten könnte?"

Berta nickte. „Wissen Sie, Florian saß im Gefängnis. Das hatte er mir erzählt, als er zu mir kam. Er saß, weil sie damals versucht hatten, in den Westen rüberzumachen."

„Die ganze Gruppe wollte in den Westen fliehen, verstehe ich das richtig?", fragte die Hauptkommissarin nach.

„Ganz recht. Sie hatten einen Bus umgebaut, im Geheimen. Niemand wusste davon. Sie wollten sich unter den verkleideten Bänken verstecken. Dann sollte ein Mann aus dem Westen zu Besuch kommen. Dieser sollte dann mit ihrem Bus zurückfahren und die vier über die Grenze schleusen. Aber es kam nicht dazu. Noch bevor sie die Grenze erreicht hatten, wurden sie von der Volkspolizei gestellt. Sie wurden sofort nach Berlin in Einzelhaft gesteckt. Erst mit der Wende wurden sie aus der Haft entlassen."

„Deswegen kamen sie einst nicht mehr in Ihre Kneipe. Ich verstehe. Blieben die vier nach der Wende und dem Gefängnisaufenthalt weiterhin Freunde?"

„Davon hat mir Florian nichts erzählt. Ich glaube aber, dass er sehr wohl wusste, wohin es die anderen verschlagen hatte."

„Was bedeutete nun sein Ausspruch: 'Ich bin jetzt so weit'?", überlegte Kommissar Flausch.

Berta sah ihn an und antwortete: „Er war jetzt so weit, nach über dreißig Jahren, seine Stasiakte einzusehen. Er wollte wissen, wie es zu der Festnahme kam und was über ihn geschrieben wurde. So sagte er es jedenfalls, als er bei mir war."

Verblüfft schauten sich die beiden Kommissare an. Diese Information warf ein neues Licht auf den Fall.

Nach dem Abendessen saßen die beiden Kommissare in einer Lounge, die sich in unmittelbarer Nähe zum Hotel befand. Im Hintergrund hörte man dezent schnulzige Tango-Argentino-Songs.

Sie hatte sich einen Aperol Spritz bestellt und er sich einen Caipirinha. Nachdem die Cocktails serviert waren, beschlossen sie, nicht über Dienstliches oder den Fall zu sprechen.

„Ok, erzähl mir mehr über deinen Ex-Mann", bat er.

Sie lachte: „Es gibt doch nichts Schlimmeres, als sich über den Ex zu unterhalten! Ich bitte dich."

Er stimmte in das Lachen ein. „Stimmt", gab er zu. Nach einer Pause erzählte er: „Ich bin jetzt seit sechs Jahren Single. Ich hatte davor eine Freundin, die toll war. Wir passten wirklich gut zusammen. Aber, was soll ich sagen, wir waren zu jung, um uns so früh fest zu binden, das wollten wir beide nicht."

„Sechs Jahre?", fragte sie nach. „Das ist eine lange Zeit."

„Naja, da war das Studium. Da hatte ich keinen Kopf für eine Freundin."

„Und jetzt, bist du auf der Suche?"

„Wer weiß? Wenn die Richtige kommt, dann vielleicht." Er nahm einen großen Schluck.

„Ich weiß nicht recht. Ich bin alleine auch ganz glücklich", sinnierte sie. „Wenn es passt, und man sich guttut, dann kann eine Beziehung eine bereichernde Sache sein. Aber wenn nicht? Ich kenne so viele Paare, die besser daran wären, sich zu trennen. Meiner Meinung nach. Warum sollte man sich kaputt machen lassen? Ich kann machen, was ich will, ohne mich mit jemanden absprechen zu müssen. Das ist ganz wunderbar!"

Kommissar Flausch schaute sie lange an. Wie schade, fand er, dass sie nicht offen war und sich gegenüber der Möglichkeit jemanden kennenzulernen verschloss.

„Wie muss denn der Mann sein, der zu dir passt?", fragte er schließlich.

„Sie hob die Brauen und spitze nachdenklich ihren Mund. „Der Mann, der zu mir passt? Den gibt es nicht."

„Nein, mal ehrlich!", bat er.

„Ok, gut. Entschuldige. Also, er müsste ehrlich sein. Das ist das Wichtigste. Und er müsste mit mir zufrieden sein, das heißt mich so sehen, wie ich wirklich bin. Mit allen meinen Macken und Fehlern. Und trotzdem, eben weil ich gerade so bin, mit mir zusammen sein. Ohne dass ich etwas Besonderes für seine Zuneigung tun müsste. Das ist eigentlich das Wichtigste, worauf es mir ankommt."

Er schaute sie lächelnd an. „Das ist nicht so schwierig, wie ich finde", urteilte er.

„Du kennst mich nicht", antwortete sie.

„Nein, das stimmt. Aber ich will dich gerne kennenlernen."

Er kam ganz dicht an sie heran. Vorsichtig küsste er sie auf ihren Mund. Sie zögerte einen Moment, dann entfernte sie sich von ihm und bat: „Bitte nicht. Das würde niemals funktionieren. Wir sind Kollegen. Wir arbeiten zusammen. Nein, das ist ganz und gar undenkbar! Warum hast du das gemacht?!" Sie stand verärgert auf und verließ die Lounge. Er blieb regungslos sitzen.

13

Liesbeth saß in ihrem Sessel und träumte. Mit offenen Augen saß sie da, regungslos, und dachte an die Zeit, in der ihre beiden Kinder noch bei ihnen lebten. Lothar hatte sich in der Zwischenzeit nicht mehr gemeldet. Sie sehnte sich nach der Nähe ihrer Kinder so sehr, dass sie ihrem eigenen Leben wenig abgewinnen konnte. Was hatte sie nur falsch gemacht, fragte sie sich andauernd. Dass Lothar auf die schiefe Bahn geraten war, dafür machte sie sich verantwortlich. Er war schon als Kind sehr empfindsam und leicht zu verunsichern gewesen. Sie gab sich die Schuld daran, dass er sich dem schlechten Einfluss anderer nicht hatte entziehen können.

Hugo trat ins Wohnzimmer. Er hatte eine Flasche Weißwein und eine weiße Rose in der Hand. Erstaunt sagte er: „Schau mal, Lieschen, das war vor unserer Tür. Ich habe die Flasche und die Rose entdeckt, als ich den Müll hinausgebracht habe."

Ihr Gesicht erhellte sich: „Wie schön, eine weiße Rose! Da will uns jemand eine Freude bereiten!" Dann erinnerte sie sich plötzlich: „Weißt du noch, als uns Lothar einen großen Strauß weißer Rosen zur silbernen Hochzeit geschenkt hatte? Daran muss ich jetzt denken! Vielleicht war er es, der uns eine kleine Freude bereiten möchte. Das könnte ein Zeichen sein!"

„Meinst du wirklich, Lothar hat uns das vor die Tür gestellt?"

„Aber ja", sprach sie gut gelaunt. „War denn ein Brief dabei?" fragte sie, während sie die Flasche inspizierte. „Oder eine Karte, auf dem sein Name stand?"

„Nein, die Flasche stand einfach so da. Und die Rose daneben. Vor unserer Tür."

„Wie schön", fand Liesbeth. „Wir werden sie ihm zu Ehren zum Abendessen trinken."

„Also gut. Wenn du das willst." Er nickte und stellte die Flasche in der Küche in den Kühlschrank.

Liesbeth eilte ihm nach, strich ihm über die Schulter und lächelte unbeholfen. Er machte ein zustimmendes Geräusch und verließ die Küche. Dann begann sie, eine Melodie summend, das Essen anzurichten. Sie holte eine Wurst- und Käseplatte aus dem Kühlschrank, die sie anschließend mit Brot, Oliven, Essiggurken und Mixed-Pickles auf dem Esszimmertisch platzierte. Teller, Besteck und Servietten legte sie an der Längsseite des Tisches gegenüber. Dann nahm sie zwei feine Weingläser aus der Vitrine. Zum Schluss öffnete sie mit einem Korkenzieher die Weinflasche. Nachdem alles angerichtet war, rief sie Hugo, der sich ihr gegenübersetzte. Er schenkte beiden ein Glas Wein ein. Daraufhin stießen sie an.

Kommissar Flausch wartete am Frühstückstisch auf seine Kollegin. Er machte sich Vorwürfe wegen des Kusses am Vorabend und fürchtete, dass dieser alles verändert haben könnte. Er mochte sie wirklich gerne und wünschte sich, ihr seine Zuneigung zeigen zu können, ohne dass sie ihn verurteilte. Wenn sie ihn nur kennenlernen wollte, dann könnte sie sehen, wie gut sie zusammenpassen würden. Er seufzte und rührte stumpf in seinem Kaffee herum.

Schließlich betrat sie den Frühstückssaal. Wider Erwarten war sie gut gelaunt. Bevor er etwas sagen konnte, meinte sie: „Also, tun wir am besten so, als ob der gestrige Abend nicht geschehen wäre. Schwamm drüber. Wir haben einen Fall zu lösen."

Er wusste nicht recht, ob er sich freuen oder traurig sein sollte. Aber natürlich akzeptierte er ihren Weg damit umzugehen.

„Gut, ich bin damit einverstanden. Es tut mir leid", entschuldigte er sich. Sie nickte, nahm die Kaffeekanne, die zwischen ihnen auf dem Tisch stand und schenkte sich ein.

Still nahmen sie ihr Frühstück ein. Er wagte nichts zu sagen und sie schien in Gedanken versunken zu sein. Da klingelte ihr Handy. „Ja? … Ja, wir sind noch in Berlin. Was gibt es denn? … Nein! Das kann nicht sein … wann war das? Heute früh? … ich verstehe." Dann schaute sie ihren Kollegen an. „Kommissar Flausch wird umgehend nach Bruchsal kommen. Ich muss hier in Berlin noch etwas erledigen und komme nach … Danke dir. Bis dann." Sie legte ihr Handy zur Seite.

Auffordernd sah er sie an. „Was ist passiert?", fragte er schließlich.

„Liesbeth und Hugo Fraunscheuer sind heute früh tot aufgefunden worden."

„Was?", warf er schockiert ein.

„Beide vergiftet. Das Gift, vermutlich hochdosiertes Nicotin, befand sich ein einer Weißweinflasche, aus der beide getrunken hatten. Eine Nachbarin war heute früh mit ihnen verabredet. Sie wollten eine Sonnenaufgangswanderung unternehmen. Da die Fraunscheuers die Tür nicht geöffnet hatten, schaute sie durchs Fenster und sah beide auf dem Boden liegen. Sie alarmierte sofort die Polizei."

„Aber was hat das zu bedeuten? Wer sollte ein Motiv haben, die Eltern von Heiko Fraunscheuer umzubringen? Das passt doch überhaupt nicht ins Bild?"

Sie überlegte. „Wie läuft die Fahndung nach Lothar Fraunscheuer?"

„Du meinst …?"

„Ja, ich meine. Er könnte ein Motiv haben, seinen Bruder umzubringen und auch seine Eltern."

Erstaunt sah er sie an. „Wir werden ihn finden!", sagte er entschlossen.

„Du fährst sofort mit dem Auto zurück und begibst dich auf die Suche. Ich muss hier noch ein paar Dinge erledigen und komme mit dem Zug nach."

Er schaute etwas verwirrt, aber fragte nicht nach. „Alles klar, ich werde dir Bericht erstatten. Wir bleiben in Kontakt!" Dann schnappte er sein Brötchen und biss kräftig ab. Nachdem er fertig gefrühstückt hatte, schaute er sie an: „Pass auf dich auf!" Sie nickte stumm. Dann verließ er schnellen Schrittes den Frühstücksraum. Verstohlen schaute sie ihm nach.

Mit dem Handy googelte sie eine Adresse. Dann machte sie sich auf den Weg. Sie fuhr mit der U2 bis Berlin Alexanderplatz. Von dort aus lief sie zu Fuß weiter bis zur Karl-Liebknecht-Straße 31/33. Dort befand sich das Stasi-Unterlagen-Archiv von Berlin.

Sie betrat die Behörde. Am Eingang wies sie sich aus und fragte, zu wem sie gehen müsse, um eine Stasiakte einzusehen. Der Mann an der Pforte schaute erstaunt: „Sie wollen heute eine Akte einsehen? Das wird wohl kaum möglich sein. Wir haben derzeit über sieben Millionen Anträge auf Akteneinsicht. Das kann mitunter Jahre dauern, bis Sie die gewünschte Akte zugeschickt bekommen."

„Bitte, mit wem kann ich sprechen?", ließ sie sich nicht abbringen.

Der Mann schaute in seine Unterlagen. Dann verwies er sie an eine Dame namens Stepinski, die ihr Büro im 4. Stock hatte. Die Hauptkommissarin lief zum Fahrstuhl. Anschließend fuhr sie in die 4. Etage und klopfte an die besagte Tür.

Sie wurde hereingebeten. „Was kann ich für Sie tun?", fragte die Dame in einem nüchternen Ton.

Hauptkommissarin Meyerbach erklärte ausführlich ihre Situation. Die aktuelle Ermittlung im Mordfall Florian Bogerwall mache es unabdingbar, in seine Stasiakte Einsicht zu erhalten. Frau Stepinski reagierte zögerlich. „Sie kommen aus Karlsruhe und wollen hier und heute in eine Akte einsehen? Das scheint mir unmöglich zu sein."

„Ich bitte Sie, Florian Bogerwall hatte die Akte bereits beantragt. Er hat sie vor kurzem zugeschickt bekommen und verbrannt, nachdem er sie gelesen hatte."

„Ich verstehe, die Akte wurde bereits von uns gesichtet, bearbeitet und eine Kopie an Herrn Bogerwall nach Mannheim verschickt?"

Die Hauptkommissarin bestätigte dies.

Frau Stepinski überlegte. „Dann muss eine fertig bearbeitete Kopiervorlage vorhanden sein, die wir Ihnen unter Umständen heraussuchen könnten."

Aufatmend bedankte sich Hauptkommissarin Meyerbach.

„Moment, ich muss telefonieren. Bitte warten Sie einen Moment vor der Tür."

Nach langen zehn Minuten öffnete sich die Tür. Frau Stepinski bat die Hauptkommissarin wieder herein. „Sie scheinen Glück zu haben. Wir versuchen die Akte zu finden, um Ihre Ermittlungen nicht zu gefährden. Bitte füllen Sie diesen Antrag auf Akteneinsicht aus." Sie schob ihr ein Formular zu.

Dann solle sie sich in einen Raum im 1. Stock begeben. Dort müsse sie warten. Die Akte würde ihr gebracht werden, sobald sie herausgesucht wurde. Dankend verabschiedete sie sich von Frau Stepinski.

Hauptkommissarin Meyerbach nahm an einem der freien Tische Platz. Der Saal war nüchtern eingerichtet. An der Wand hing eine große Uhr, deren Ticken zu hören war.

Sie war nicht die Einzige, die hier wartete. Ein Mann saß regungslos zwei Tische weiter und eine Frau war bereits in die Lektüre einer Akte vertieft.

Die Tür öffnete sich und ein Mitarbeiter der Behörde brachte dem Herrn einen braunen Umschlag. Dieser bedankte sich, stand auf und verließ den Raum.

Die Zeit verrann. Dumpf starrte sie vor sich hin. Es waren bereits zwei Stunden vergangen. In regelmäßigen Abständen schaute sie auf die Uhr, was die Zeit scheinbar noch langsamer vergehen ließ. Schließlich kam der Mitarbeiter herein und brachte ihr eine braune Mappe. Sie bedankte sich. Er verschwand.

Sie klappte die Akte auf. Es war eine Kopie der Originalakte. Auf den ersten Seiten der kopierten Karteikarten, betitelt mit F16, standen Florians persönliche Daten. Name, Geburtsort, Anschrift, Telefonnummer. Sie blätterte weiter. Sein gesamter Lebenslauf von Kindesbeinen an war akribisch notiert worden: Krippe, Grundschule, Oberschule, dann Studium und seine verschiedenen Arbeitsstätten in Berlin Köpenick waren tabellarisch aufgelistet.

Im zweiten Teil der Akte befand sich die F22, die sogenannte Vorgangskartei. Dort wurde sein Name durch den Decknamen 'Karl' ersetzt. Einzig die Registrierungsnummer besagte, dass es sich dabei um Florian handelte. Diese war mit der Nummer auf der Personalkarte identisch.

Weitere Namen, die in der Vorgangsakte vorkamen, waren geschwärzt. Die einzelnen Berichte wurden von einem IM verfasst, einem inoffiziellen Mitarbeiter des Ministeriums für Staatssicherheit.

Sie las die einzelnen Einträge. Darin fanden sich tatsächlich gezielte Beschreibungen von Florians Freunden, die Berta erwähnt hatte. Es wurde ein Tag beschrieben, den Karl mit seinen Freunden am Müggelsee verbracht hatte. „Karl zeigt sich unzufrieden. Er vertritt staatsfeindliche Einstellungen. In einem Gespräch mit", sie zögerte, denn die folgenden zwei Namen waren geschwärzt, „und dem IM, spricht er davon, flüchten zu wollen. Karl erzählt von einem Plan, den er sich ausgedacht hat." Wieder waren zwei Namen geschwärzt. „…zeigen sich interessiert."

Hauptkommissarin Meyerbach blickte auf. Dann las sie auf einer anderen Seite weiter. „Im Gespräch mit dem IM berichtet Karl von seinem Plan. Der IM fährt mit ihm nach Köpenick in eine verlassene Garage. Dort zeigt ihm Karl einen Bus, mit Hilfe dessen er sich, … mit seiner schwangeren Partnerin … und den IM über die Grenze schleusen will."

Sie blätterte um. „Die Gruppe um Karl arbeitet daran, den Bus umzubauen. Der IM hilft dabei. Immer wieder gerät die sozialistische Gesinnung der DDR in den Gesprächsmittelpunkt."

Hauptkommissarin Meyerbach lehnte sich zurück. Es musste sich bei den geschwärzten Namen um Stotti mit seiner schwangeren Partnerin Hilde handeln und der IM ...?" Sie erstarrte. „Der IM musste der vierte im Bund gewesen sein. Der unauffällige Freund, an den sich Berta nicht erinnern konnte." Vier Freunde waren es, laut Berta. So musste es sein.

Wieder nahm sie sich die Akte und las weiter: „Am 7. Februar 1984 soll die Operation 'Flucht' stattfinden. Karl, … mit seiner Partnerin und der IM verstecken sich in den Verkleidungen der Sitzbänke. Ein westdeutscher Bekannter von Karl fährt den Bus. Um 19:48 Uhr wird der Bus noch in Köpenick von der Volkspolizei gestoppt. Die Aktion ist erfolgreich vereitelt."

Die Hauptkommissarin schloss die Akte. Das, was sie gelesen hatte, genügte für den Moment. Sie starrte eine Weile lang vor sich hin.

Schließlich verließ sie eilig den Saal mit der Akte unter dem Arm. Wenig später klopfte sie erneut an Frau Stepinskis Tür. Sie bat um eine weitere Akte. Frau Stepinski versprach ihr, sich umgehend um die Angelegenheit zu kümmern. Dann setzte sie sich wieder in den ihr bekannten Saal auf einen Stuhl. Nun hieß es warten. Eine ungewisse Zeit lang, denn die gewünschte Akte würde gesucht und ihr gebracht werden.

Hauptkommissarin Meyerbach wurde müde. Sie wartete nun schon über drei Stunden. Außerdem hatte sie Hunger, denn außer dem Frühstück hatte sie noch nichts gegessen. Ein Herr kam in den Wartesaal. Er bat sie, ihn zu begleiten. Wenig später saß sie wieder Frau Stepinski gegenüber. „Es gibt diese Akte nicht", berichtete sie. „Über diese Person wurde entweder keine Akte erstellt oder sie ist verschwunden. Ich kann Ihnen nicht weiterhelfen."

Hauptkommissarin Meyerbach bedankte sich. Eine Kopie von Florians Akte würde die Behörde als Beweismaterial direkt an die Kriminalpolizei Karlsruhe schicken. Sie war damit einverstanden und verließ den Raum. Noch am selben Abend setzte sie sich in den Zug und fuhr nach Karlsruhe zurück.

14

Ingo Flausch saß an seinem Schreibtisch in seinem Karlsruher Büro, als sein Handy klingelte. „Ja bitte?", fragte er.

Eine männliche Stimme am anderen Ende der Leitung stellte sich vor: „Hier Kommissar Kämpke, Leiter der Einsatzgruppe 2. Einer unserer verdeckten Ermittler hat den von Ihnen gesuchten Lothar Fraunscheuer am Karlsruher Bahnhof aufgespürt. Dieser stieg in einen ICE ein, der in Richtung Hamburg fährt. Dem Ermittler war es nicht möglich gewesen, ihm in den Zug zu folgen. Nächster Halt des Zuges ist Mannheim."

Kommissar Flausch bedankte sich zunächst für das Auffinden des Gesuchten. In Mannheim könnten sie ihn stellen. Sie müssten sofort die Mannheimer Kollegen darauf ansetzen. Er beendete das Gespräch und suchte eine Nummer. Dann rief er in Mannheim an und bat um deren Mithilfe. Er würde sich ebenso auf den Weg machen und später in Mannheim dazustoßen.

Etwa dreißig Polizisten warteten am Mannheimer Bahnhof auf das Eintreffen des ICEs. Sie sollten die aussteigenden Fahrgäste kontrollieren und zunächst niemanden Neues in den Zug einsteigen lassen. Dann sollten sie den Zug durchkämmen, bis sie Lothar Fraunscheuer dingfest gemacht hätten.

Der Zug fuhr ein. Eine Durchsage ließ verlauten, dass sich die Weiterfahrt des Zugs auf unbestimmte Zeit verzögern würde. Dann öffneten sich die Türen. Die Polizisten überprüften jeden einzelnen Fahrgast, der aussteigen wollte. Lothar Fraunscheuer dürfe ihnen auf keinen Fall entwischen. Es dauerte lange, bis die Polizei im Zug die Suche aufnehmen konnte. Unmut machte sich unter den Fahrgästen breit. Sie verstanden nicht, warum der Zug warten musste. Die meisten hatten Sorgen, ihre Anschlüsse an den kommenden Bahnhöfen zu verpassen.

Strukturiert arbeitete sich die Polizei voran. Vor einer geschlossenen Toilette im Wagen 12 sammelten sich schließlich die für den Wagen zuständigen Polizisten. Auf ein Klopfen oder Rufen hatte sich in der Toilette nichts geregt. Der Einsatzleiter eilte herbei und bat einen Zugbegleiter die Tür zu öffnen. Nach einem schnellen Handgriff war die Tür offen. Lothar Fraunscheuer kauerte in der Ecke. Er war schweißgebadet, blass und abgemagert. Neben ihm lagen die typischen Utensilien, die ein Heroinabhängiger benötigte.

Ein Polizist fühlte seinen Puls. Er lebe, gab dieser Entwarnung. Schnell musste ein Krankenwagen gerufen werden. Lothar wurde behutsam aus dem Zug getragen. Mit einer Rettungsdecke wurde er gewärmt, bis die Sanitäter kamen und ihn sofort ärztlich versorgten. Er wurde unmittelbar in das Mannheimer Krankenhaus gefahren.

Kommissar Flausch wurde über den Verlauf des Einsatzes informiert. Er war noch auf der Autobahn, sodass er die Route änderte und nun direkt zum Krankenhaus fuhr.

Dort angekommen sprach er mit dem behandelnden Arzt.

„Sein Zustand ist kritisch", erklärte dieser. „Er hat sich eine Überdosis Heroin gespritzt. Der Körper ist ausgelaugt und schwach. Wir tun unser Bestes. Aber mehr als abwarten können wir im Moment nicht."

Kommissar Flausch bedankte sich. Sie hatten alles getan, um ihn zu finden. Jetzt hoffte er, dass dieser überleben würde.

Als Kommissar Flausch wieder in sein Büro zurückkam, wartete Hauptkommissarin Meyerbach bereits auf ihn. Er freute sich, sie zu sehen und fing gleich an davon zu berichten, dass sie Lothar Fraunscheuer gefunden hätten. Sein Zustand sei kritisch. Er hatte sich eine Überdosis Heroin gespritzt.

Seine Kollegin lobte ihn. „Gut gemacht!" Dann bat sie ihn, sich ihr gegenüber zu setzen. „Ich war auch nicht untätig und habe im Zug lange Zeit gehabt, über den Fall nachzudenken. Ich bin zu einem Ergebnis gekommen. Ich möchte, dass wir beide ins Krankenhaus nach Bruchsal fahren. Ich habe den Kollegen, der dort Heiner Giesellaus Zimmer bewacht, gebeten mich anzurufen, wenn jemand Bestimmtes ihn besuchen kommt. Nun ist es so weit. Ich bitte dich, dort unser Gespräch aufzunehmen. Wir werden noch einen Kollegen mitnehmen, zur Sicherheit."

Kommissar Flausch sah sie fragend an. Genauere Informationen wolle sie ihm jedoch nicht geben. Er würde sehen und verstehen.

Eine halbe Stunde später betraten sie das Fürst-Stirum-Klinikum in Bruchsal. Sie klopften an die Zimmertür und traten ein.

Dort saß Monty am Bett von seinem Freund Heiner.

„Hallo Herr Manhenke, dürfen wir eintreten?"

Dieser schaute sie mit forschem Blick an. „Ja, natürlich. Kommen Sie herein. Heiner schläft." Kommissar Flausch und der Kollege blieben an der Tür stehen. Sie nahm einen Stuhl und stellte ihn neben Heiners Bett, Monty gegenüber.

„Hier sind wir also", begann sie ruhig. „Sie wissen, warum wir hier sind?"

Monty schaute sie mit wachen Augen an. Er setzte sich gerade hin. Still saß er da, bis sie schließlich anfing zu sprechen: „Wir befinden uns am Ausgangspunkt und am Ende der Geschichte. Mit Heiner und Montgomery, damit begann alles und damit endet auch alles."

Monty wendete seinen Blick ab.

„Sie haben uns nicht die ganze Wahrheit gesagt. Sie kennen Heiner nicht erst seit 1995, wie sie uns weismachen wollten, sondern sie kannten sich schon viele Jahre zuvor. Wann haben Sie sich kennengelernt?"

Monty schaute ins Leere. „Sagen Sie es mir doch", sagte er kühl.

Sie lächelte. „Ich stelle mir vor, dass Sie sich als Jugendliche kennengelernt haben. Auf einer Freizeit vielleicht. Sie, Heiner und auch Florian Bogerwall, der als Dritter im Bund noch dazuzuzählen ist. Die Freundschaften hielten über die Jahre an. Und später als junge Männer dann, kamen Sie immer an den Wochenenden in Berlin zusammen und trafen sich. Sie kamen aus Beelitz und Heiner aus Dresden. Florian wohnte damals im Prenzlauer Berg. Oft saßen Sie in der alten Bierquelle im Berliner Bötzow-Viertel zusammen. Wir haben mit Berta gesprochen, der alten Wirtin, wissen Sie? Das Dreiergespann wurde dann erweitert um eine Person. Denn irgendwann haben Sie Hilde kennengelernt. Eine junge Frau, in die Sie sich verliebt haben. Sie war ihre große Liebe. Mit ihr gemeinsam wollten Sie Ihr Leben verbringen. Hilde wurde schwanger. Das Glück schien perfekt zu sein."

Monty erstarrte.

„Dann hatte Florian Bogerwall eine Idee. Er stand dem Regime der DDR sehr kritisch gegenüber und schmiedete den Plan, mit der Gruppe nach Westdeutschland zu fliehen. Er überzeugte alle, Stillschweigen zu bewahren und gemeinsam an dem Plan zu arbeiten. Sie trafen sich regelmäßig in Köpenick, im Süden von Berlin, um im Verborgenen einen alten Bus umzubauen. Mit ihm wollten Sie über die Grenze fahren. Alles war wunderbar eingefädelt. Nur wurde die ganze Sache vereitelt. Sie wurden verhaftet und ins Gefängnis gesteckt. Über fünf Jahre saßen Sie und wurden erst im Zuge der Wende frei gelassen. Als Sie wieder frei waren, suchten Sie Ihre geliebte Hilde. Ihr Kind musste schon fast sechs Jahre alt sein. Jedoch fanden Sie sie nicht. Keine Spur. Was war mit Hilde geschehen?", fragte sie sanft.

Monty rann eine Träne die Wange hinunter. Sie blickte ihn ruhig an, bis er schließlich mit gebrochener Stimme sagte: „Ich habe sie überall gesucht. Niemand konnte mir Auskunft geben. Bis ich schließlich durch eine Vermisstenanzeige eine ehemalige Mitinhaftierte von Hilde fand. Sie sagte mir, dass Hilde im Gefängnis bereits nach drei Monaten gestorben war. Allein in ihrer Zelle. Noch bevor unser Kind geboren war. Sie starb und mein Kind mit ihr!" Er wischte sich die Tränen aus dem Gesicht.

Hauptkommissarin Meyerbach nickte mitfühlend. „Ich kann mir vorstellen, dass es für Sie …"

„Nichts können Sie sich vorstellen!", unterbrach er sie scharf. „Sie haben keine Ahnung, welchen Grausamkeiten wir ausgeliefert waren. Welche psychische und physische Folter wir ertragen mussten. Nein, sie haben keine Ahnung! Ich war stark und Florian war es auch … nur Hilde, meine geliebte Hilde … sie war schwach und ließ sich brechen."

„Sie haben den Verlust und den Schmerz nie überwunden. Niemals mehr ließen sie irgendwen an sich heran."

„Ich bin mit ihr gestorben." Er schaute ihr fest in die Augen. „Für mich gab und gibt es keinen Sinn mehr im Leben. Ich lebe, ja. Äußerlich vielleicht... aber innen drin", er pochte auf seine Brust, „da ist nichts mehr …"

Nach einer Pause fuhr sie fort: „Nach der Wende fanden Sie Florian wieder, der nach Mannheim gezogen war und Heiner, der sich in Bruchsal ein neues Leben aufbaute. In seine Nähe sind sie schließlich gezogen. Niemand wusste von ihrer gemeinsamen Vergangenheit. Sie beide schwiegen sich aus und niemand kannte die Wahrheit. Nicht einmal Heiners Frau Lucy oder Wilma Mitschmacher."

„Wir fingen neu an. Heiner und ich. Die Vergangenheit wollten wir ruhen lassen."

„Dass Sie einst im Gefängnis waren, blieb auch uns verborgen. Einträge im polizeilichen Führungszeugnis werden spätestens nach zwanzig Jahren gelöscht."

„So ist es", er blickte sie forsch an.

Hauptkommissarin Meyerbach stand auf. „Dann wollte Florian Bogerwall nach über dreißig Jahren wissen, was damals wirklich geschehen war. Wer hatte sie damals verraten? Er fasste allen Mut und ließ sich seine Stasiakte schicken. Die Namen darin waren geschwärzt, jedoch war deutlich aus dem Zusammenhang zu erkennen, wer der Inoffizielle Mitarbeiter des Ministeriums für Staatssicherheit war. Es konnte ja nur jemand aus dem näheren Umfeld gewesen sein. Und da stand es: Es war Heiner, der Sie alle verraten hatte. Er war der Informant. Er war für diese Grausamkeit verantwortlich. Es war für Florian unfassbar zu begreifen, dass ihn einer seiner engsten Freunde verraten hatte. Jemand, mit dem er fast täglich Kontakt hatte. Er erinnerte sich an die vielen Gespräche. An all die gemeinsamen Erlebnisse. Alles war von Heiner schriftlich erfasst worden. Florian konnte sein gesamtes Leben in dieser Akte nachlesen! Dann rief er Sie eines Tages an und erzählte Ihnen, dass er die Wahrheit kannte. Sie waren außer sich! Heiner, Ihr bester Freund

Heiner hatte Sie jahrelang auf perfide Art und Weise hintergangen. Alles war eine große, infame Lüge und nicht wahr! Er war schuld daran, dass Ihr Leben zerstört war, dass Sie all den Schmerz erleiden mussten und dass Ihre geliebte Hilde mit Ihrem Kind im Bauch sterben musste."

Monty presste seine Lippen hasserfüllt zusammen.

„Sie beschlossen, sich an ihm zu rächen. Er musste dafür bezahlen, was er Ihnen angetan hatte. Er sollte sterben. Oder noch besser: Seine Tochter sollte ebenso sterben, so, wie einst Ihr Kind sterben musste. Es sollte Gleiches mit Gleichem vergolten werden. Doch wie sollten Sie es anstellen? Da schmiedeten Sie den grausamen Plan, ihn und seine Tochter am Tag ihrer Hochzeit zu töten. Sie stellten es klug an, einen Obdachlosen zu bestechen, um den Sprengsatz im Haus zu deponieren. Sie zündeten den Sprengsatz, während Sie und Wilma Mitschmacher im Gartenhaus waren und Tilda und Heiner Giesellau zusammen im Wohnzimmer standen. Den Zünder warfen Sie in den Bach, der das Grundstück begrenzt. Alles lief nach Plan. Außer, dass Heiner nicht starb." Sie blickte auf Heiner, der in der Zwischenzeit aufgewacht war.

„So ist es besser", warf Monty abfällig ein. „Er muss als körperlicher und geistiger Krüppel bis an sein

Lebensende als Pflegefall leben. Im Wissen, dass seine Tochter tot ist. Sehen Sie ihn an! Es ist besser als tot!"

Heiner sah Monty mit großen Augen an. Er war nicht imstande etwas sagen. Ob er begriff, was um ihn herum passierte, wussten sie nicht.

Hauptkommissarin Meyerbach machte eine Pause. Sie schluckte, denn es kostete sie viel Kraft, dieses Gespräch zu führen. Schließlich fuhr sie konzentriert fort: „Sie brauchten nun einen Schuldigen für Ihre Tat. Also dichteten Sie Tilda ein Verhältnis an. Sie deponierten einen Brief und ein Foto von Florian so auffällig in Tildas Zimmer, dass wir darüber stolpern mussten. Der Brief war auch geschickt gemacht. Sie verwendeten eine Kunstschrift, sodass man seine persönliche Handschrift nicht identifizieren konnte. Alles lief nach Plan. Wir nahmen seine Spur auf. Doch noch bevor wir ihn sprechen konnten, töteten Sie Florian, getarnt als Selbstmord, weil er die einzige Verbindung zu Ihnen und zu der gemeinsamen Vergangenheit darstellte. Wir sollten glauben, dass sich Tildas Liebhaber und Mörder aus Leidenschaft, aus Reue das Leben genommen hatte. Nur, und damit hatten Sie nicht gerechnet, gab es eine Freundin, Lola Bruxel, die uns etwas über seine Vergangenheit in Berlin erzählte.

Sie wussten schließlich von Wilma Mitschmacher, der ich es unvorsichtiger Weise gegenüber am Telefon erwähnte, dass wir nach Berlin fuhren, um dort die Ermittlungen aufzunehmen. Sie waren somit gewarnt. Sie mussten schnell einen neuen Schuldigen finden. Fieberhaft dachten Sie nach. Wer passte da besser als das schwarze Schaf der Familie Fraunscheuer? Der verlorene Sohn, der als Drogenabhängiger kriminell geworden war. Sein Bruder war an der Hochzeit durch den Sprengsatz getötet worden. Sie vergifteten seine Eltern, sodass wir glauben mussten, Lothar habe zuerst seinen Bruder, dann seine beiden Eltern aus Habgier ermordet."

„Die Rose!", er lachte in sich hinein. „Es war sehr klug von mir, eine weiße Rose mit auf die Türschwelle zu legen. Liesbeth erzählte mir einmal, dass ihr Lothar einst bei einem Familienfest einen großen Strauß weißer Rosen geschenkt hatte. Eine Reminiszenz! Liesbeth dachte in ihrer Einfältigkeit bestimmt daran, dass der Wein von Lothar stammte." Sein Lachen verstummte abrupt. Er sah sie erschrocken an.

Verachtend ruhte Hauptkommissarin Meyerbachs Blick auf Monty. Wie skrupellos und selbstgefällig er war. Fassungslos endete sie: „Sechs unschuldige Menschen mussten sterben. Aus Rache. Das ist die Wahrheit."

Sie schaute ihren Kollegen an. Mit ihren Ausführungen war sie am Ende. Da sprach Monty abgebrüht: „Sie haben keinerlei Beweise für das, was Sie gerade eben so fantasievoll berichten haben. Wer sagt, dass es die Wahrheit ist?"

Sie blickte ihn verständnislos an und antwortete professionell: „Wir bekommen Florians Akte geschickt. Ich werde eine Offenlegung der verdeckten Namen beantragen. Dann ist da Berta, die Sie bei einer Gegenüberstellung als Stotti identifizieren können wird …"

„Ich stottere nicht!"

„Nicht mehr. Denn Sie haben mit Therapie Ihr Stottern überwunden. Es wird bestimmt Nachweise Ihrer Behandlung geben. Ich hatte einen Bekannten, der als Kind furchtbar gestottert hatte, so wie Sie. Nachdem er frei davon war, redete er von da an wie ein Wasserfall. Mir war es am Anfang gleich aufgefallen, dass sie ungewöhnlich gerne und viel reden."

„Selbst wenn ich Stotti war, beweist das noch lange nicht, dass ich die Morde begangen habe."

„Nun, wir werden eine Wohnungsdurchsuchung durchführen und auch ihren Computer beschlagnahmen. Sie werden den Sprengsatz und das Nicotin durch das Internet beschafft haben, nehme ich an. Jede Seite, die sie aufgerufen haben, werden wir nachverfolgen können. Man hinterlässt immer Spuren. Und diese Spuren werden Sie ins Gefängnis bringen. Außerdem befinden sich in diesem Raum drei Zeugen. Jedes Wort von Ihnen bewies, dass ich recht habe und Sie schuldig sind. Noch dazu wurde das Gespräch aufgenommen."

Monty senkte den Blick. Dann fing er an zu weinen. Mit tränennassen Augen sah er die Hauptkommissarin verzweifelt an: „Ich wollte das nicht … Verstehen Sie doch, ich konnte nicht anders! ... Wie konnte er das tun? Uns verraten, obwohl wir Freunde waren? … Er ist der wahre Schuldige! Er ist es!"

Monty stand ruckartig auf und näherte sich Heiner. Sofort war Kommissar Flausch zur Stelle. Er fasste Monty an der Schulter und befahl ihm mitzukommen. Monty rieb sich die Augen. Dann warf er einen letzten Blick auf Heiner, bevor er mit gebeugter Haltung das Zimmer verließ.

15

Hauptkommissarin Meyerbach war gerade dabei, die Kärtchen von der Pinnwand zu lösen. Ihr Kollege saß auf der Tischplatte und beobachtete sie dabei.

„Mit ihm als Täter hatte ich überhaupt nicht gerechnet. Ab welchem Moment hast du ihn im Auge gehabt?", fragte Kommissar Flausch.

„Montgomery Manhenke?"

Er nickte.

Sie überlegte: „Er war der Einzige, der gelogen hatte. Nachdem ich wusste, dass die Mannheimer Kollegen nicht von einem Selbstmord ausgingen, sondern glaubten, dass Florian Bogerwall ermordet wurde, da kam es mir, dass etwas nicht stimmen konnte."

Kommissar Flausch verstand nicht und machte eine auffordernde Geste. Sie erläuterte: „Wilma Mitschmacher antwortete ganz spontan und natürlich, dass Tilda niemals einen Geliebten gehabt hätte. Auch Montgomery Manhenke reagierte zunächst so. Später aber dann, erzählte er Frau Mitschmacher gegenüber etwas von einem Gespräch mit Tilda. Darin habe Tilda Andeutungen gemacht, die Rückschlüsse zuließen, dass sie doch einen Geliebten hatte. Er tat dies, weil er die von ihm gelegte Finte bekräftigen wollte. Nun, wenn Florian in Wahrheit jedoch ermordet wurde, war es klar, dass er ein Opfer war und kein Täter und die Geschichte um die Affäre nur fingiert war. Es gab also in Wahrheit keinen Liebhaber und somit musste Montgomery Manhenke gelogen haben."

Nun verstand er. So gesehen war es ganz eindeutig.

„Als ich später dann in Berlin war", fuhr sie fort, „wollte ich auch Heiner Giesellaus Akte einsehen. Aber man

163

sagte mir, dass diese nicht auffindbar wäre. Da dachte ich sofort, dass er der Informant gewesen sein musste, der alle verraten hatte. Und somit hatte Montgomery Manhenke ein Motiv. Alles passte dann irgendwie logisch zusammen." Sie lächelte ihn an. „Das waren meine Rückschlüsse. Ich hoffe, sie sind auch für die Staatsanwaltschaft klar und stichhaltig, wenn es zum Prozess kommt."

„Du bist großartig." Er schüttelte bewundernd den Kopf. „Aber was ist mit Rosemarie?"

„Rosemarie? Nun, sie hasste Tilda und war eifersüchtig. Sie wünschte sich Tildas Tod. Als dieser dann tatsächlich eintrat, dachte sie wirklich, sie sei schuld daran. Sie hatte Angst, dass die Polizei kommen und sie verhaften würde, wenn sie herausbekämen, dass sie sich als Hexe sah und schwarze Magie betrieb. Ich weiß nicht, wo sie ist. Vielleicht ist sie bei einer Freundin untergetaucht. Ich denke, wenn wir Frau Mitschmacher und Rosemaries Freundinnen erzählen, dass die Morde aufgeklärt wurden, dann wird sie wieder reumütig zurückkehren."

„Ich denke, auch damit wirst du recht behalten."

Nachdem die Kärtchen abgehängt waren und die geschlossenen Akten vor ihnen lagen, standen sie sich lächelnd gegenüber. „Es war schön mit dir", sagte er bewundernd. „Ich habe viel gelernt über Polizeiarbeit, Logik und Intuition."

Sie schaute ihn an, sagte aber nichts.

„Ich danke dir." Eine Pause entstand. Sie sagte immer noch nichts. Er räusperte sich. Schließlich drehte er sich verunsichert um und wollte gerade das Zimmer verlassen, da sprach sie ernst: „Ich habe hier einen Brief für dich."

Er stockte, schritt zu ihr und nahm den Brief entgegen. „Der ist von unserem Vorgesetzten", sagte er erstaunt.

Dann öffnete er den Brief und las. Ungläubig sprach er: „Ich werde versetzt? In eine andere Abteilung? Aber wieso ... Hast du das eingefädelt? Weil ich …?" Bitter schaute er sie an.

„Ich habe darum gebeten."

„Aber warum?"

Nach einer kleinen Pause und einem ernsten Blick sagte sie: „Weil wir in Zukunft nicht mehr zusammenarbeiten können." Dann schaute sie ihn undurchsichtig an und kam langsam immer dichter an ihn heran. „Weil, wenn du und ich es miteinander probieren, du weißt schon was, dann ist von da an das gemeinsame Arbeiten tabu. Das würde niemals funktionieren."

Sie packte ihn am Kragen. Er öffnete langsam und erstaunt den Mund. Dann schluckte er und verstand. Sie umarmte ihn und beide küssten sich.

Wilma saß verzweifelt auf der Couch im Wohnzimmer. Der Fall war zwar von der Polizei gelöst worden, aber ihre Rosemarie noch nicht wieder zurückgekehrt. Es klingelte. Sie eilte in den Flur und öffnete die Tür. Da standen ihre geliebte Rosemarie, Hauptkommissarin Meyerbach und Kommissar Flausch.

„Rosemarie!", rief Wilma erleichtert. Diese nahm ihre Mutter sofort in den Arm. „Es tut mir so leid!", schluchzte sie. „Ich wusste nicht, was ich machen sollte. Die Polizei musste ja denken, dass ich es war!"

„Wie ich schon zu dir gesagt habe", sprach die Hauptkommissarin, „sich jemanden tot zu wünschen ist nur ein Wunsch und keine Straftat. Du hättest uns vertrauen können, anstelle fortzulaufen."

„Jetzt bist du jedenfalls wieder da!" Dann fragte sie die Hauptkommissarin: „Wie haben Sie sie gefunden?"

„Sie war bei ihrer besten Freundin Irina. Nachdem wir Irina erklärten, dass der Schuldige gefunden worden war, kam Rosemarie aus dem Zimmer."

Wilma dankte den beiden für alles, was sie getan hatten. Sie wolle sich jetzt um Heiner kümmern und für ihn eine Pflegeeinrichtung suchen, das sei sie ihm schuldig. Schrecklich, dass er seine engsten Freunde ausspioniert und verraten hatte.

Und Monty, er war einer ihrer besten Freunde gewesen. Sie wusste nicht, ob sie je wieder jemandem vertrauen konnte. Zu groß war die Enttäuschung.

Hauptkommissarin Meyerbach dachte daran, wie weitreichend und einschneidend Montys Taten gewesen waren. Nicht nur für die unmittelbar Beteiligten, sondern auch für das gesamte Umfeld. Sie veränderten alles. Nichts war, wie es vorher war.

Am Nachmittag standen die beiden Kommissare am Krankenbett von Lothar Fraunscheuer. Dieser hatte überlebt und stand nun unter ärztlicher Behandlung. Sobald sein Zustand stabil war, würde er in eine Entzugsklinik überwiesen werden.

Lothar war bei Bewusstsein. Dass er der einzig Überlebende seiner Familie war, wusste er bereits. Er sah die beiden Kommissare mit müden Augen an. Hauptkommissarin Meyerbach nahm seine Hand.

„Sie müssen wieder zu Kräften kommen und Verantwortung für sich übernehmen", sagte sie. „Sie sind es Ihren Eltern schuldig. Es gibt zwei Möglichkeiten: Entweder Sie entscheiden sich für das Leben, werden clean und nutzen das Erbe dafür, Ihre Schulden zu bezahlen und auszusteigen, oder ..." Sie verstummte.

Eine Träne rann aus seinen großen, matten Augen. Unmerklich nickte er mit dem Kopf und drückte ihre Hand. Sie deutete dies als Zeichen dafür, dass Lothar diese eine, vielleicht letzte Chance für sein Leben nutzen würde.

Dann verabschiedeten sie sich von ihm. Ob er die Stärke hatte auszubrechen, das wussten sie nicht. Aber es lag nicht mehr in ihrer Macht.

Als sie und Kommissar Flausch gemeinsam ins Auto stiegen, fragte er, bevor er den Wagen startete: „Und nun?"

Sie schaute ihn an: „Und nun werden wir die Toten hinter uns lassen! Lass uns den restlichen Tag freinehmen. Erzähl mir was von dir, Sherlock!"

„Was möchtest du denn wissen?"

„Alles!"

Weitere Bücher von Günther Tabery:

Der Mord an Lili W.

Dunkles Arztgeheimnis

Akte Röhninger

Sowie die Reihe mit Martin Fennberg als Detektiv:

Band 1:   Ave Maria für eine Leiche

Band 2:   Stumme Gier

Band 3:   Doppelte Fährte

Band 4:   Dramatischer Tod

Band 5:   Faules Ei

Band 6:   Tödlicher Irrglaube

Band 7:   Mörderische Drinks